बेजी जैसन

लेखिका की पृष्ठभूमि केरल है। हिन्दी और अंग्रेज़ी दोनों भाषाओं में उतनी ही कुशलता से लिखने वाली बेजी जैसन पेशे से डॉक्टर हैं और गद्य एवं कविताओं में आराम पाती हैं। अपने ब्लॉग से वह साहित्यिक दुनिया में चर्चित हुईं और तब से अपने साहित्य सृजन में उन्होंने नई ऊंचाइयां हासिल की हैं। उनका अंग्रेज़ी में एक कविता संग्रह- 'सोल ग्रैफ़िटी' प्रकाशित है। 'हंस अकेला' उनका पहला उपन्यास है।

हंस अकेला

बेजी जैसन

प्रथम संस्करण: 2022

ISBN: 979-8-88869-323-0

मूल्य: ₹ 155

प्रकाशक: प्रतिबिम्ब, नोशन प्रेस का उपक्रम
संपर्क: नोशन प्रेस,
7, मांटिएथ रोड
एग्मोरे, चेन्नई, तमिलनाडु – 600008

Hans Akela
Novel by Beji Jaison

हादसा

3 मार्च 2020

रात के एक बजे हैं। मेरी नींद खुली है। गला सूख रहा है। अजीब-सी घुटन है हवा में, जैसे हवा सांस रोककर खड़ी हो और उसके पाँव वहीं जड़ हो गए हों। ठोस, जैसे कोई दीवार खड़ी हो गई हो और उमस के साथ उठती हो बासी गंध।

मेरा नाम वासन्ती है। मैं अपने टू-बेडरूम घर में अकेली रहती हूँ। इस मोहल्ले में सभी घर एक-मंज़िला हैं। कुछ छोटे, कुछ बड़े। पिछले 25 साल से जिस ऑफ़िस में काम करती हूँ, अब उसकी हेड हूँ। जीवन कभी खुशी, कभी ग़म की तर्ज़ पर चलता रहा है, पर हमेशा कंट्रोल में रहा। बाहर आज कुत्तों के रोने की आवाज़ रह-रहकर उठ रही है।

आज कोविड पॉज़िटिव हुए तीसरा दिन है। तीन दिन पहले जब कॉफ़ी की खुशबू नहीं ले पाई, तभी लगा था कि कुछ तो गड़बड़ है। फिर नाक बहने लगी और गला जकड़ गया। आज क्वारंटीन का भी तीसरा दिन है। मुझे कोविड नहीं होता, अगर उस दिन मैं बाहर निकलकर उस भीड़ में नहीं जाती।

कोई कह रहा था, "पंखे से लटक गई।"

"बहुत होशियार लड़की थी। जाने बच्चों को क्या हो जाता है!"

मैंने पास खड़ी औरत से पूछा, "कौन?"

"राकेश-सीमा की बेटी, आत्मजा।"

जवाब बेहद चौंकाने वाला था। वैसे तो हम पास ही रहते थे, पर मेरी उन लोगों से पहचान कोई ख़ास नहीं थी।

"फाँसी लगा ली। पलाश ऐन वक़्त पर नहीं पहुँचता, तो बचती नहीं।"

आत्मजा। उसका मासूम-सा चेहरा आँखों के सामने आ गया, जिस पर उदासी यहाँ-वहाँ जैसे ठहरी हुई हो। उम्र 17 होगी। कई बार स्कूल आते-जाते दिख जाती। लंबी, गोरी, चौड़ा माथा, साफ़ चेहरा, बॉब कट बाल, आँखों पर चश्मा, फ़्लैट चप्पल, जीन्स, टी-शर्ट। लगभग हमेशा ऐसी ही। देखकर कभी मुस्कुराती नहीं। उसकी चाल में एक आत्मविश्वास था, जो कई बार अकड़ की तरह लगता, पर उसमें एक आकर्षण था। हाथों में हरदम एक किताब, एक छोटा बैकपैक, हमेशा।

कभी कोई सहेली साथ नहीं दिखी। कोई बॉयफ्रेंड भी नहीं। वह शर्मीली या संकोची भी नहीं थी बल्कि खुद को लेकर बेहद आश्वस्त-सी लगती। माँ-बाप की इकलौती बेटी थी, पर यूँ लाड़ में बिगड़ी हुई भी नहीं। वह उनके साथ त्योहारों या बर्थडे पार्टी में भी नज़र नहीं आती। क्या मजाल कि नवरात्रि में ही दिख जाए या अपनी सहेलियों के साथ हंसी-ठिठोली करती देखी जाए।

मोहल्ले में सब कहते थे कि बहुत होशियार और समझदार लड़की है। स्कूल में हमेशा फ़र्स्ट आती थी। सिटी टाइम्स में एक-दो बार उसकी तस्वीर भी छपी थी। मुझे तो अकड़ू ही लगी हमेशा। उन बच्चों की तरह, जोकि उन बातों पर भी फ़ालतू इठलाते हैं, जो उन्हें सिर्फ़ अपने परिवार और परिवेश की वजह से हासिल हुई।

यह कल्पनातीत था कि वैसी लड़की ऐसा कोई क़दम उठाएगी।

सतह पर जो दिखता है, वह कई बार कितना भ्रामक होता है। हम कैसे-कैसे निष्कर्ष निकाल लेते हैं। कितना कम जानते हैं लोगों को, उससे भी कम उनके मन को।

कहते हैं, पलाश ने बचा लिया। पलाश। आत्मजा का बचपन का दोस्त, लोकल कॉलेज में ही पढ़ता है। मोहल्ले का हीरो है। होली हो या दिवाली या जन्माष्टमी, उसके होने से अलग रौनक-सी बनी रहती। अपनी टोली के साथ दिन भर आवारागर्दी करता। हंसमुख, बदमाश और कोई-न-कोई खुराफ़ात मचाता। पूरा मोहल्ला उसे जानता भी था और चाहता भी। लड़कियां आस-पास मंडराती रहतीं। वह कभी किसी आंटी का भारी शॉपिंग बैग घर पहुँचा देता, तो कभी किसी को बाइक पर बैठाकर अस्पताल छोड़ देता।

कहते हैं, आत्मजा की मम्मी सीमा ने पुलिस को फ़ोन किया था। पुलिस ने ही फांसी से उतारा। सीमा बिलकुल सन्न-सी मिली थी। एकदम स्तब्ध, जैसे कुछ भी समझने की हालत में नहीं हो। मेरी बात होती है सीमा से कभी-कभार। दरअसल, सीमा और मेरे घर, दोनों जगहों पर एक ही बाई काम करती है - 'सविता'। पलाश के घर भी। बाई आई कि चली गई, बस ऐसी ही कुछ पूछताछ होती है आपस में।

वैसे, अजीब-सा माहौल है इन दिनों। चारों तरफ़ कोविड-19 के चर्चे हैं। दुनिया के तमाम लोग सतर्क रहने लगे हैं। चीन के वुहान शहर में शुरू हुई महामारी दुनिया के दूसरे हिस्सों में दिखने लगी है। लोग बड़ी तादाद में बीमार होने लगे हैं। सभी देश अपनी सीमाएं बंद करने की पहल करने लगे हैं। समंदर में फंसे जहाज़ को तट से लगने की अनुमति नहीं दी जा रही। क्रूज़ शिप में लोग बीमार होने लगे हैं।

ऑस्ट्रेलिया ने तो महीने पहले से ही चीन की तरफ़ से आनेवाले सभी विमानों पर प्रतिबंध लगा दिया है। भारत में भी एक-दो केस के बाद अब चिंता गहराने लगी है। बोर्ड की सारी परीक्षाएं समय पर हो भी सकेंगी कि नहीं, अब इस बात पर चिंता होने लगी है। छात्र सब सताए हुए हैं। जाने कितने बरस की कोचिंग पूरी होती परीक्षा के साथ। हो ही सकता था कि आत्मजा की उदासी शायद ऐसी ही किसी वजह से हो।

पलाश का ऐन वक़्त पर पहुँचना कैसा संयोग था। आत्मजा का दोस्त। अर्नब-आहना का बेटा। दोनों परिवारों में ख़ूब बनती थी। उनके घर के किचन, गार्डन के पिछवाड़े में मिलते थे। बीच से फ़ेंस हटाकर वहीं उन्होंने उसे एक बड़ा-सा गार्डन बना दिया था। ढेर सारे फूलों के पौधे - रजनीगंधा और सेवंती। बीच में लॉन और उस पर एक बड़ी-सी लोहे की मेज़ रखी थी। वहीं पास में बारबेक्यू का सामान। गार्डन चेयर्स। एक छोटा-सा फव्वारा भी। सड़क से उनका गार्डन दिखता था। दोनों दंपती अक्सर वहाँ साथ दिखते, ख़ासकर रविवार और छुट्टियों के दिन। दोनों परिवार बरसों से साथ थे। बच्चे भी साथ ही बड़े हुए होंगे।

मैंने एम्बुलेंस को जाते देखा था। सीमा-राकेश भी एम्बुलेंस में बैठ गए थे। पलाश को पता नहीं क्यों पुलिस थाने ले गई थी और इस अफ़रा-तफ़री के बीच एक नौजवान मुझे ढूंढ़ता मिल गया।

"मेरा नाम नील है। आप वासन्ती आंटी हैं?"

"हाँ, क्यों?"

मैंने उसे ऊपर से नीचे तक देखा। उसकी पीठ पर एक बड़ा, भारी-भरकम बैकपैक और हाथ में एक सूटकेस था। 24-25 साल का नौजवान होगा। मैंने पहले उसे यहाँ कभी नहीं देखा।

"बुआ ने कहा, मैं घर की चाभी आपको दे दूँ। सविता मौसी ले जाएँगी।"

"बुआ?"

"ओह सॉरी। आहना, पलाश की मम्मी। वह मेरी बुआ लगती हैं। पलाश को पुलिस थाने ले गई। बुआ चिंता में उसके पीछे पुलिस स्टेशन गई हैं।"

नील। अच्छा नाम है। आहना का भतीजा। मैंने फिर से उसका ऊपर से नीचे तक निरीक्षण किया।

"तुम कहीं जा रहे हो?"

"मम्मी-पापा के पास। थोड़ी देर में फ़्लाइट है। छुट्टियों में अमेरिका से आया था। सोचा, पहले बुआ-फूफा और पलाश को मिल लूँ, फिर घर जाऊँगा। आज ही यह सब हो गया।"

"कितने बजे है फ़्लाइट?"

"चार घंटे बाद।"

"अरे! बहुत देर है अभी। क्या करोगे इतनी जल्दी जाकर?"

बातों-बातों में पता चला, नील इसी शहर में बोर्डिंग स्कूल में पढ़ा था। आहना-अर्नब के घर लगभग हर वीकेंड आ जाया करता था। अपने घर पहुँचने में डेढ़ घंटे की फ़्लाइट लेनी पड़ती। वहाँ इंटरनेशनल एयरपोर्ट नहीं था।

मैं उसे घर ले आई। चाय पिलाई। नाश्ता कराया। वह बहुत जल्द हिल-मिल गया।

नील हंसमुख था। हैंडसम भी। सॉफ़्टवेयर इंजीनियर। इस विज़िट में शादी के लिए लड़की देखना चाहता था। अच्छा लगा उससे मिलकर।

चाभी मैंने रख ली। मैंने कहा कि एयरपोर्ट मैं छोड़ दूंगी। वह मान गया।

नील। उसकी आँखें नीली थीं। शायद इसलिए यह नाम दिया हो। नील यहाँ से गया तो, पर गाँव पहुँचते ही बीमार पड़ गया। बाद में पता चला कि कोविड पॉज़िटिव है। कल सविता ने बताया कि सीरियस है। उसका चेहरा बार-बार ज़ेहन में उभर आता है। तीन दिन पहले मेरा कोविड टेस्ट पॉज़िटिव आया, तो पहले दिल बहुत घबराया। ऊपर से म्युनिसिपैलिटी वाले बोर्ड और लगाकर चले गए। डर लगा बहुत। इंश्योरेंस के काग़ज़ ठीक किए। दफ़्तर में बताया। फिर लगा शायद हालत बहुत ख़राब नहीं होगी।

मन उस दिन से ही बेचैन है। मोहल्ले में आत्मजा को लेकर अलग-अलग तरह की बातें होने लगी हैं। हर क़िस्म की अफ़वाह है। मुझे तो ख़ैर इतना ही पता था जितना सविता बताती। मोहल्ले के वॉट्सऐप ग्रुप में भी कुछ-कुछ बातें पता चलतीं। चारों तरफ़ यही घटना चर्चा में थी...

"बेबी पढ़ने में बहुत होशियार थी, पर एक-दो हफ़्ते से बहुत उदास-उदास-सी थी। पता है दीदी, पुलिस ने उनका कमरा सील कर दिया है।"

सविता की बातें ख़त्म नहीं होतीं। सुनते-सुनते मेरे मन में आत्मजा के कमरे का पूरा ख़ाका बैठ गया था। मैं आत्मजा के बारे में अक्सर सोचती। उसके कमरे के बारे में। मेरी कल्पना में... कमरे में अलग-अलग विषयों की किताबें सलीके से बुक रैक में सजी हुईं। पानी का एक जग। एक ड्राई फ़्रूट्स का डिब्बा और कई सारी कलमें और शार्प की हुई पेंसिलें मेज़ पर रखी हुईं। अक्सर एक नोटबुक खुली हुई, जो पंखे की हवा से लगातार पन्ने बदलती है। एक मोबाइल, जो हमेशा साइलेंट पर रहता है। दीवार पर आत्मजा के बचपन की एक तस्वीर, सीमा ने उसे गोदी में उठाया हुआ और राकेश सीमा को थामे हुए। एक नोटिस बोर्ड, जिस पर आने वाली परीक्षा का टाइमटेबल पिन किया हुआ। कई सारे अलग-अलग रंगों के पोस्ट इट नोट्स।

मेरी कल्पना में आत्मजा का कमरा साफ़ नज़र आता मगर बहुत सोचने पर भी मैं पंखा नहीं सोच पाती, न ही उसके फाँसी लगाने की कल्पना कर पाती।

मन ख़राब है। नींद नहीं आती आजकल। बुखार भी चढ़ने लगा है। अब पैरासिटामोल लेकर सोने की कोशिश करूँगी।

"दीदी, ओ दीदी! दरवाज़े के पास थाली रख दी है। थर्मस में काढ़ा भी है। संतरे का जूस गिलास में रखा है। घर का बाक़ी काम हो गया। मैं जा रही हूँ।" सविता की आवाज़ से नींद खुली है। घड़ी देखी, सुबह के नौ बज

रहे हैं। मन कोई अच्छी ख़बर सुनने को तरस रहा है। मुँह का स्वाद गुल है। थक जाती हूँ जल्दी। गला दुखने लगा है। जैसे गले के अंदर, पीछे की तरफ़ कोई घाव हो। सारे दिन बुखार-सा लगता है। थकान भी उतनी ही। कोविड भी होना लिखा था।

"अरे सुन तो, बताकर जा, आत्मजा ठीक है?"

"नहीं पता दीदी। अब भी सीरियस ही हैं शायद। पुलिस कमरे से बेबी का फ़ोन, लैपटॉप और जाने क्या-क्या ले गई है। पलाश बाबा को रोज़ थाने बुलाते हैं। कोई कह रहा था कि बेबी के फ़ोन पर आख़िरी सारे फ़ोन पलाश बाबा ने ही किए थे।"

सयोनी

सविता ने सुबह बताया कि पलाश को थाने में फिर से बुलाया था। सविता पलाश से सुनी बातें ऐसे सुना रही थी, जैसे आँखों-देखे हाल की सीधी कमेंट्री कर रही हो।

"पलाश बता रहा था कि इंस्पेक्टर नर्म-मिज़ाज ही लगते थे। पचास के होंगे। एकदम फ़िट। वह बहुत ग़ौर से पलाश का चेहरा देख रहे थे, जैसे उसकी हर बात का सच और झूठ देखकर ही ताड़ जाएँगे। उन्होंने सवाल-जवाब शुरू किया।

· · ·

इंस्पेक्टर: हाँ तो बेटा, आत्मजा के फ़ोन में उस रात जितनी कॉल्स हैं, सब तुम्हारी हैं।

पलाश: जी।

इंस्पेक्टर: ऐसा क्या था, जो तुम उससे बात करने के लिए इतना बेताब थे?

पलाश: कोई ख़ास बात नहीं थी। मुझे आत्मजा की चिंता हो रही थी।

इंस्पेक्टर: क्यों? क्या उसने आत्महत्या को लेकर कोई बात कही थी?

पलाश: नहीं।

इंस्पेक्टर: तुम्हारी चिंता के पीछे क्या कारण थे? क्या किसी ने उसे परेशान किया था? इस्तेमाल? ब्लैकमेल? रेप?

पलाश: उसने ऐसा कुछ भी मुझे नहीं बताया।

इंस्पेक्टर: पर तुम्हें फिर भी चिंता हुई।

पलाश: जी।

इंस्पेक्टर: यह तुम्हारा है?

इंस्पेक्टर का इशारा एक रेशमी पोटली की तरफ़ था। उन्होंने पोटली टटोली और उसके भीतर से दो डिब्बियाँ निकाल कर देखने लगे।

पलाश: जी।

इंस्पेक्टर: प्यार करते थे उससे?

पलाश: जी।

पता है दीदी, दुर्घटना के दो दिन पहले की बात है, जब उसने बेबी को फ़ोन किया था और बेबी ने उठाया नहीं। उसने फिर लगाया, पर बेबी ने जवाब नहीं दिया। उसके मैसेज का भी नहीं। सोचो बीस मिस्ड कॉल, दर्जनों मैसेज। आत्मजा ने फिर फ़ोन स्विच ऑफ़ कर दिया था। पूरी रात वह फ़ोन लगाता रहा, पर बेबी का फ़ोन ऑफ़ था। जाने उसे क्यों बहुत डर लगा। सुबह जब बेबी ने फ़ोन पर बात की, तब भी उसे कोई तसल्ली नहीं हुई।

पलाश बेबी को बचपन से जानता था। बेबी के साथ की उसकी दोस्ती बाक़ी दोस्तियों जैसी नहीं है। बेबी का मन जानता है पलाश बाबा। बेबी को ज़रा तकलीफ़ हुई नहीं और वह हाज़िर। बेबी ही जाने वह पलाश बाबा से यूँ दूरी क्यों रख रही थी। उस दिन मुझे रोककर पूछा भी, "आत्मजा ठीक से पढ़ रही है न मौसी?"

मैंने बताया कि जब मैं पहुँची, तो वह उठी ही थी। चाय-नाश्ता भी बाक़ी था। अब रात-दिन इतनी पढ़ाई करके तो कोई भी बच्चा उदास हो सकता

है। कह तो दिया था, पर जानती मैं भी थी कि पढ़ाई करके बेबी कभी दुखी नहीं हो सकती। कुछ बात तो थी, जिसे वह भाँप रहा था।

तीन साल का था, जब सीमा भाभी के घर बेबी पैदा हुई थी। गोरी, गुलाबी, गप्पू जैसे गाल, बड़ी-बड़ी आँखें। प्ले स्कूल में ही सबको बता दिया था कि सीमा आंटी के घर जो बेबी आई है, वह उससे ही शादी करेगा। दोनों परिवारों में हमेशा पक्की दोस्ती रही। जैसे-जैसे दोनों बड़े हुए, सब उन्हें भाई-बहन की तरह ही देखते। बेबी तो बचपन से ही होशियार थी और पलाश बाबा एकदम बदमाश। दोनों अच्छे दोस्त थे। बेबी उम्र में छोटी होकर भी उसकी पढ़ाई में मदद करती और वह उसको दीवार फाँदना, आम तोड़ना, अमरूद के पेड़ पर चढ़ना सिखाता।

बचपन से अब तक वह हमेशा बेबी और उसकी उदासी के बीच खड़ा रहा। जिस जगह बेबी गिरकर घुटने लहूलुहान करती, पलाश उस ज़मीन को लात-घूँसे मारकर सबक़ सिखा देता। रोती हुई बेबी को अपनी बोतल का पानी देता, अपनी क़मीज़ से उसके आँसू पोंछ देता। एक बार तो जब वह चुप नहीं हुई, तो वह उसके साथ ही रोने लगा था।

समय बीता और मम्मी-पापा ने उसे बोर्डिंग स्कूल में डाल दिया। लौटा, तो बेबी और वह दोनों ही बड़े हो चुके थे। मुझे लगता है कि जब पलाश लौटा, तो वह बेबी को बहुत चाहने लगा था।

उस दिन जब बेबी की बात सुनकर भी उसका मन नहीं माना, वह बिना पूछे ही चला आया। ऐसा बहुत हुआ है। बेबी का मन ख़राब होता है और पलाश बाबा मनाने चला आता है। गोदी में खिलाया है दोनों को। दोनों मुझसे कुछ नहीं छिपाते। उनकी बातें, नोक-झोंक सब बहुत प्यारी होती हैं और दोनों मेरा आस-पास होना अक्सर भूल जाते हैं।

बेबी उस दिन कमरे में अकेली थी। वह उसके कमरे की खिड़की पर जाकर उसे आवाज़ देने लगा।

"ओ कुड़िए! दरवाज़ा खोल दे!" खिड़की पर लाल गुब्बारे पकड़े पलाश था।

बेबी मुस्कुरा दी थी।

"किसे पटाने जा रहे हो?"

"खोल तो, तेरे लिए लाया हूँ। वैलेंटाइन तो एक हफ़्ते पहले गुज़र गया। बहुत बिज़ी रहा। इतनी लड़कियों को भाव देते-देते, I was exhausted you know. अब तुम्हारी तरह तो लड़कियाँ होती नहीं, भारी मेंटेनेन्स माँगती हैं। ख़ैर, तुम भी तो जवान हो गई हो। जैसी तुम हो, कोई फूल देने की हिम्मत तो करेगा नहीं।"

बेबी ने दरवाज़ा खोला, "किसने तुम्हारे गुब्बारे लेने से इनकार कर दिया?"

गुब्बारे पकड़े पलाश अंदर तो आ गया, पर बेबी का चेहरा देख एकदम से चुप हो गया। बेबी की आँखें सूजी थीं। उसे लगा, रात भर रोई होगी। उसने कमरे में चारों ओर नज़रें दौड़ाईं। बेबी न जाने क्या कर रही थी। कमरे में कोई भी किताब खुली नहीं थी। इससे पहले कि उसकी नज़र लैपटॉप पर जाती, बेबी ने अचानक आगे बढ़कर उसे बंद कर दिया।

"तुम्हें पता है, फ़रवरी का पूरा महीना प्यार के लिए होता है। वैसे तो पढ़ाई के बीच तुम्हें नहीं सताना चाहिए, पर फिर महीना गुज़र जाता। तुम्हारे लिए गिफ़्ट भी लाया हूँ। देख तो।" पलाश ने बेबी को बहुत सुंदर रेशम की एक पोटली थमाई थी। पोटली उसने मेरे सामने ही दी थी। पोटली खोलकर उसने बेबी की ओर देखा।

"इसे देख।" डिब्बी के अंदर ढेर सारे लाल मोतियों-सा कुछ है।

"पहचाना? रंजना।"

"भूल गई?"

"बचपन में हम इसे पेड़ के नीचे से बीन लाते थे। रतनगुंज भी कहते हैं इसे। तुम्हें कितने पसंद थे। मेरे हॉस्टल के सामने बड़ा-सा पेड़ था। तब से ही रखे हैं तुम्हारे लिए। कन्नड़ में इसे मंजाडी कहते हैं। जैसे सीपी मोती बनाती है अपने हृदय में, पेड़ धीरे-धीरे सहेजता है रंग इनमें। हरी फलियाँ इन्हें सँभालकर रंग भरती जाती हैं। जब तक यह लाल और चमकीली बनती हैं, फली सूखने लगती है। फिर फली छोड़ देती है इनका मोह। खुलती है तुड़-मुड़कर, जैसे गोल घुमा कर मुट्ठी खोल रही हो।"

"पता है, यह मोती से बेहतर क्यों हैं?"

"नहीं।"

"मोती देखकर तुम कहती थी न कि हर सुंदर बात के पीछे हमेशा एक दुख होता है। इन्हें देखो, यह दुख से नहीं बनीं। मैं चाहता हूँ कि तुम्हारा जीवन बस ऐसा ही सुंदर हो। हर दुख के साये से दूर।"

"बहुत सेंटी हो रहे हो न आज। नेटफ्लिक्स पर कोई नई रोमांटिक सीरीज़ देख रहे हो?"

बेबी ने जाने क्यों ऐसा कहा होगा! पलाश बाबा का चेहरा एकदम से बुझ गया।

दूसरी डिब्बी के खुलते ही एक पंख-सा कुछ हवा में तैर गया। डिब्बी के भीतर सिंहपर्णी के फूल तह करके रखे हुए हैं। ज़रा हवा लगती और उसमें से एक बीज उठकर गति पकड़कर उड़ने लगता। उड़ते हुए फूल को हथेली में रख पलाश ने उस दिन बेबी से कहा था, "कभी भूलना नहीं आत्मजा, जड़ें और पंख दोनों साथ-साथ संभव हैं।"

इंस्पेक्टर पोटली की चीज़ें बेहद लापरवाही के साथ टटोल रहे थे। वह सिलेंड्रिकल बॉक्स को हिला-हिलाकर देख रहे थे। वह क्लाइडोस्कोप

था। हाथों से बनाया हुआ और तीसरी डिब्बी में एक बड़ी-सी सीपी थी।

इंस्पेक्टर अब पोटली को झाड़कर कह रहे थे, "कोई ड्रग्स तो नहीं लाते थे उसके लिए? शारीरिक सबंध थे उससे?"

हमें यह सब बताते हुए पलाश बाबा का चेहरा गुस्से से लाल हो गया था। बाबा की आँखों से आँसू थम नहीं रहे थे, मानो वह अपने सामने की हर चीज़ तोड़-फोड़ देना चाहता हो। पर बाबा ने कुछ किया नहीं। बस, दबी आवाज़ में इतना ही कहा, "वह इंस्पेक्टर ऐसे गंदे अश्लील सवाल कैसे पूछ सकता है? आत्मजा ऐसी लड़की नहीं है।"

तीरगी

वॉट्सऐप ग्रुप में किसी ने सुबह-सुबह ही शंका जताई है कि आत्मजा का पलाश से झगड़ा हुआ होगा। किसी और ने बताया कि राकेश और सीमा के बीच आजकल रोज़ झगड़े होते थे। किसी ने कहा कि आत्मजा डिप्रेशन में थी। फ़िज़ूल की पंचायत करने से इन्हें कोई रोक नहीं सकता था।

यहाँ मेरी हालत सुधरने की जगह बिगड़ती जा रही है। कल रात भर मैं सो नहीं पाई। खाँसी है कि थमती ही नहीं। भूख बिलकुल नहीं लग रही। पेट भी कल से कुछ गड़बड़ है। शरीर अब टूटने लगा है। नींद भी बेहोशी-सी ही आती है। सोकर जगो तो लगता है, और थक गई हूँ।

सविता बता रही थी कि नील को वेंटिलेटर पर शिफ़्ट किया है। उसी अस्पताल में आत्मजा पहले से ही वेंटिलेटर पर है। जिस तरह मेरी तबीयत बिगड़ रही है, लगता है कि मैं भी जल्द अस्पताल पहुँच जाऊँगी। ऑक्सीजन सैचुरेशन अब तक तो ठीक है। 95-96 रहता है। जितनी दवाएँ बताई गई हैं, सब ले ही रही हूँ। डॉक्टर से फ़ोन पर बात होती है। वह ढाढ़स बँधाते हैं। मेरी रिपोर्ट इतनी ख़राब नहीं, वह कहते हैं। यह भी कि कुछ दिनों में बिलकुल ठीक हो जाऊँगी।

दस बज रहे हैं। सविता को अब तक आ जाना चाहिए था। अजीब संयोग था कि जितने घरों में सविता काम करती थी, सब जगह मुसीबत छाई हुई है। मैंने उसे फ़ोन किया तो, पर वह उठा नहीं रही। थोड़ा सूखा नाश्ता मैंने कर लिया है, साथ में टेट्रा पैक से एप्पल जूस और दवाइयाँ भी ले ली हैं। पता नहीं सविता कहाँ मर गई है। एक तो मुँह में ज़रा स्वाद नहीं है और ऊपर से यह सब गले के नीचे नहीं उतर रहा। पूरी सुबह गुज़र

गई और सविता का कोई नामोनिशान नहीं था। आई, तो बौखलाई-सी, बदहवास।

"कहाँ रह गई आज? अब बीमार को भी छोड़ देगी?"

"दीदी, पुलिस स्टेशन से आ रही हूँ। सुबह-सुबह इंस्पेक्टर साब ने बुलवाया था। उनका बस चले, तो यह भी कह दें कि बेबी को फाँसी मैंने लगाई थी।"

सविता बेहद नाटकीय अंदाज़ में सुनाती थी बातें। विवरण के साथ पूरा ब्योरा देती।

"सुनो तो दीदी, वह रौबदार इंस्पेक्टर जिसने मुझे बुलावा भेजा था, पूछताछ करने लगा।"

सविता हाथ हिला-हिलाकर किचन से ही ऊँची आवाज़ में पुलिस स्टेशन में हुई बातें बता रही थी। यूँ लग रहा था, जैसे सब नज़रों के सामने ही हुआ हो।

इंस्पेक्टर: तो तुम आत्मजा और पलाश दोनों के घर काम करती हो?

सविता: हाँ, बचपन से साब।

इंस्पेक्टर: तुम्हें कैसे पता चला कि घर में कुछ हुआ?

सविता: नहीं पता चला साब। काम करके बेबी को कहकर दूसरे घर काम के लिए निकली थी। वापस दोपहर के बर्तन के लिए आ रही थी, तब देखा कि घर पर एम्बुलेंस खड़ी है।

इंस्पेक्टर: तुमने क्या देखा?

सविता: कुछ भी नहीं। मुझे किसी ने अंदर नहीं जाने दिया।

इंस्पेक्टर: तुम्हें लगा था, आत्मजा ऐसा कुछ करेगी?

सविता: नहीं साब।

इंस्पेक्टर: तुम कह रही हो कि जब तुम काम पर आईं, तुम्हें सब कुछ सामान्य लगा।

सविता: हाँ साब! आज तो सब ठीक ही था, पर कल बेबी बहुत परेशान थी। रोज़ मैं जब काम पर आती हूँ, बेबी नहा चुकी होती है, पर कल बेबी उठी भी नहीं थी। मैं घंटी बजाती रही थी, पर दरवाज़ा किसी ने नहीं खोला। फिर मैंने दरवाज़ा पीटना शुरू किया। मैं जाने को हुई, तब बेबी ने दरवाज़ा खोला। नींद से उठकर सीधा।

इंस्पेक्टर: घर में आत्मजा के अलावा कोई नहीं था?

सविता: सीमा भाभी थीं तो, पर दरवाज़ा उन्होंने भी नहीं खोला। मुझे अजीब लगा था। ऐसा पहले कभी नहीं हुआ।

सविता याद कर-कर के पूछे गए सब सवालों के जवाब दे रही थी।

सीमा भाभी को कभी इतनी देर सोते नहीं देखा। मैंने बेबी को बताया कि आहना भाभी के घर मेहमान हैं इसलिए यहाँ का काम जल्दी निपटाकर उनके घर जाना होगा। राकेश भैया घर पर नहीं थे तब। शायद सुबह ही दफ़्तर चले गए। भाभी सो रही थीं। शायद उनकी तबीयत ठीक नहीं थी। बेबी को चिंता हुई होगी, तो वह कमरे में जाकर भाभी का हाल पूछने लगी। पहले तो शायद उन्होंने कोई जवाब दिया नहीं, फिर बेबी पर ज़ोर से चिल्लाईं। आवाज़ बाहर तक आ रही थी। बेबी इतना-सा मुँह लेकर बाहर आई और मुझे कमरे में जाने के लिए मना किया। अजीब-सा माहौल हो रखा था घर का। जैसे किसी को दूसरे की पड़ी ही नहीं हो। सब अपनी-अपनी अलग-अलग दुनिया में हों जैसे। सीमा भाभी ऐसी नहीं हैं और बेबी का दिल दुखाने की कोई वजह भी नहीं थी। मुझे लगा था, उन्होंने कल ज़्यादा शराब पी ली थी। थोड़ी देर बाद उल्टियों की आवाज़ आई, पर उनके पास जाने की मेरी हिम्मत ही नहीं हुई।

बेबी रोने-रोने जैसी हो रही थी। मुझे बेबी के लिए ख़राब लग रहा था। वह राकेश भैया को फ़ोन लगा रही थी। घंटी बहुत देर तक बजती रही। जब उठाया, तो लगभग चीखते हुए राकेश भैया बोले, "अर्जेंट है?"

बेबी कुछ नहीं बोली, तो भैया ने ही पूछा, "मम्मी ठीक है? उल्टियाँ तो नहीं हो रही?"

बेबी फिर कुछ नहीं बोली।

"ऐसे पीकर और क्या होगा। और तुम अपना फ़ोन स्विच ऑफ़ मत किया करो। किसी दिन मेरा ग़ुस्सा संभलेगा नहीं। कुछ काम की बात कहनी नहीं, तो फ़िज़ूल फ़ोन करके डिस्टर्ब मत करो।"

भैया ने भी बेबी को बिना बात ही डाँटा था। मुझे बेबी के लिए बहुत ख़राब लगा। मैंने उसके सिर पर हाथ फेरा ही था कि वह छोटे बच्चों की तरह लिपट कर रोने लगी। मुझे देर हो रही थी, पर बेबी को ऐसे छोड़कर नहीं जाना चाहती थी। उसके लिए चाय और पोहे बनाए। अपने हाथों से खिला ही रही थी कि आहना भाभी का फ़ोन आ गया।

इंस्पेक्टर: और कुछ भी, जो तुम बताना भूल रही हो?

सविता: नहीं तो। हाँ, मेरे फ़ोन की घंटी सुनकर सीमा भाभी कमरे से बाहर आ गई थीं, पेटीकोट में ही। रात का मेकअप भी नहीं उतारा था। उन्होंने बहुत गंदी तरह से मुझे कहा था, "जाओ-जाओ! आहना भाभी दावत की तैयारी कर रही होंगी।"

मुझे बहुत अजीब लगा था। बेबी भी तुरंत चाय और पोहे लेकर कमरे में चली गई। मुझे देर हो गई थी इसलिए मैं और रुकी नहीं।

इंस्पेक्टर: क्या माँ-बेटी के बीच अनबन होती थी?

सविता: नहीं साब। बेबी तो घर में भी बहुत नहीं बोलती थी, पर सीमा भाभी का ध्यान इन दिनों बेबी पर से कम हो गया था।

इंस्पेक्टर: क्या सीमा का राकेश से कोई झगड़ा था?

सविता: पता नहीं साब। मुझे तो राकेश भैया को देखे हुए भी महीना भर हुआ। जल्दी निकल जाते हैं, रात को देर से आते हैं। रविवार और छुट्टी के दिन भी घर पर नहीं मिलते।

इंस्पेक्टर: आत्मजा ने कभी ऐसी कोशिश की है पहले?

सविता: नहीं, नहीं। वह ऐसी नहीं है। कोई बात ज़रूर होगी। ऐसी कमज़ोर नहीं है बेबी।

इंस्पेक्टर: पलाश का उनके घर कितना आना-जाना था?

सविता: बहुत नहीं। दिन में बेबी से बात होती होगी, पर मिलना हफ़्ते में एक बार ही हो पाता था। सीमा भाभी ने आने से सख़्त मना कर रखा था, यह कहकर कि पढ़ाई डिस्टर्ब होगी। पर बाबा आया था उस दिन मेरे जाने के बाद। बेबी को खुश करने। बेबी को ऐसे में और कोई नहीं मना सकता।

इंस्पेक्टर: उनके बीच कोई चक्कर था?

सविता: नहीं साब। बचपन की दोस्ती। बहुत प्यारी दोस्ती थी। बेबी बहुत भाव नहीं देती थी, पर पलाश बाबा उन पर जान छिड़कता था।

इंस्पेक्टर: तुम्हें क्या लगता है कि आत्मजा ने क्यों ऐसा किया होगा?

सविता: मुझे तो अब तक विश्वास नहीं हो रहा साब। बेबी बहुत समझदार थी।

इंस्पेक्टर: तुम्हें लगता है कि इसके पीछे किसी का हाथ है?

सविता: नहीं मालूम साब।

इंस्पेक्टर: कोई नशीली दवा, कोई शौक़? कहीं तुम ही कुछ सप्लाई तो नहीं करती थी?

सविता: कैसी बात करते हो साब?

"बस यही आख़िरी सवाल था। कुछ पूछना होगा और, तो फिर बुलवा भेजेंगे। आपकी चिन्ता हो रही थी। जैसे ही छोड़ा मुझे, मैं यहाँ के लिए निकल आई। वैसे दीदी, बेबी को ऐसे नहीं करना चाहिए था। बदनाम कर देंगे पुलिस वाले उनको। कैसे सहेगी यह सब, जब होश में आएगी?"

"आत्मजा की तबीयत अब कैसी है?" मैंने पूछा।

"सीमा भाभी मिलती नहीं। आहना भाभी नील की चिंता में घुल रही हैं। पलाश थाने के चक्कर लगा-लगाकर थक गया है। सुबह-शाम कुक आकर खाना बना देती है दोनों घरों में और मैं अगले दिन सब फेंक देती हूँ। जाने किसकी नज़र लग गई है सबको। नील भैया वेंटिलेटर पर ही हैं। वहाँ आहना भाभी के गाँव में उनके भाई कोरोना से गुज़र गए। लाश तक परिवार को नहीं मिली। ये लोग जा भी नहीं पाए। नील भैया तो अस्पताल में हैं। अंतिम संस्कार की सारी रस्में भी अधूरी हैं। मुझसे नहीं होता अब दीदी।" वह ज़ोर से रो रही है।

अजीब जंजाल था सबकुछ। यहाँ मेरी तबीयत लगातार ख़राब हो रही है। खाँसी है कि रुक-रुककर हो ही रही है। अब तो बात करने का सोचती हूँ, तो भी खाँसने लगती हूँ।

खाँसते-खाँसते लगता है कि फेफड़े ही मुँह में आ जाएंगे। थकान इतनी है कि साँस लेना भी मेहनत का काम लग रहा है।

"गर्म काढ़ा रखा है दीदी। पी लेना। आराम होगा।"

सविता चली गई है। पता नहीं, अगर वह नहीं होती, तो क्या करती। जाने क्या रिश्ता था उसका हम सबसे।

अकेले रहते-रहते हर तरह के ख़याल आने लगे हैं। जीवन और सारी आपाधापी कितनी व्यर्थ-सी महसूस होने लगी है। जाने हम किस चीज़ की

तलाश में अब तक मारे-मारे फिर रहे थे और अब, जब सब कुछ हमारी मर्ज़ी के बिना थम गया है, तो समझ ही नहीं आ रहा कि हम किस चीज़ के पीछे भाग रहे थे।

उस चीज़ को तलाश करना आसान नहीं होता, जिसे आप पहचानते भी नहीं। सुबह-सवेरे आप देखते हैं बदहवास लोगों को चलते, दौड़ते, भागते, जैसे जिम की इन मशीनों पर भागने का मक़सद कहीं पहुँचना नहीं है, बस उस थकान को उतारना है, जो पूरा-पूरा दिन कँधे पर लादने से होती है। कोई नींद की गोली खाकर सोता है और सुबह उठता है और काली कॉफ़ी से मुँह और कसैला करता है।

जिस चीज़ की तलाश है, आप उसका लगातार पीछा करते हैं सरपट दौड़ते हुए। फिर दिखती है उसकी एक स्थिर छवि। आप रुकते हैं, पर रफ़्तार आपके रुकने को गंतव्य से थोड़ा आगे रोकती है और तब तक सब ओझल हो जाता है। मैंने जापान के लोगों के बारे में पढ़ा है। जीवन भर वे काम करते हैं। बहुत काम। वर्किंग टू डेथ। कई सारे लोग वहाँ सचमुच पूरे दिन की मेहनत के बाद ढेर हो रहे हैं, हाथ में मोबाइल पकड़कर, सूट और टाई पहनकर। एक शब्द Karōshi (जापानी शब्द, जिसका अर्थ है - अत्यधिक काम करने या नौकरी से पैदा हुए तनाव की वजह से होने वाली मौत) ने इस पूरी कंडीशन को नाम देकर पहचान दे दी है।

जहाँ लोग मर रहे हैं, किसी दूर देश से आई पत्रकार सड़क पर ढेर हो रहे इन लोगों के आस-पास सफ़ेद गोला खींच-खींचकर तस्वीर ले रही है। शायद याद दिलाने के लिए कि तलाश जो भी हो, हासिल इतना ही।

मुझे अब लगने लगा है कि बस बाक़ी ख़ाली गोला ही रहेगा।

अफ़कार

रात को अचानक से खाँसी शुरू हुई। साँस लेने में भी थकने लगी हूँ। पूरा शरीर अब टूटने लगा है। डॉक्टर ने कहा था मेलाटोनिन लेकर सोने को। यह भी कि नींद पूरी हो जाए, तो आधी जंग जीती समझो। खाँसी का सिरप, इनहेलर और क्रोसिन लेकर फिर कोशिश है कि नींद आ जाए। खिड़की के बाहर पीपल का एक घना पेड़ है। रात में उसके पत्तों की सरसराहट ऐसी महसूस होती है, जैसे सागर का किनारा ही हो। चाँद अब भी आसमान पर बहुत ऊँचा नहीं चढ़ा है।

बचपन में हम कहते थे कि पीपल के पेड़ पर भूत रहते हैं। वे उल्टा लटकते हैं डालियों पर। बचपन में रात को पीपल के पास से गुज़रने में भी डर लगता था। नींद की दवा शायद असर कर रही है। मैं कुर्सी पर ही बैठकर ऊँघने लगी हूँ। ज़रा लेटने की कोशिश करो, तो खाँसी उठने लगती है।

नील घर आया है। अच्छा लगा उसे देखकर। बिलकुल स्वस्थ। मुस्कुराता हुआ। उस दिन ध्यान नहीं दिया था, पर उसके गाल पर भी आहना की ही तरह गड्ढे पड़ते हैं।

मैंने पूछा, "अब तबीयत ठीक है तुम्हारी?" उसने जवाब नहीं दिया। कहा ज़रूर, "सोचा, मिलता चलूँ।"

"अच्छा किया।"

"आप ठीक से सो जाओ आंटी।" उसने उठाकर बिस्तर पर लिटाने की कोशिश की थी।

उसके छूते ही मैं हड़बड़ाकर जागी थी। मैं कुर्सी से गिरते-गिरते बची। शायद सपना था। रात थी अब भी। अँधेरा। मेरी साँस तेज़ थी। जाने किस बात का डर बैठ रहा था। पीपल के पत्ते अब भी उसी तरह हिल रहे थे। कमरे की बत्ती मैंने जला दी थी। नींद उड़ चुकी थी।

लैपटॉप खोला। मेल चेक किया, कुछ ख़ास नहीं। फिर वॉट्सऐप। मोहल्ले के ग्रुप में सौ से अधिक मैसेज थे। पता चला, कल पुलिस स्कूल भी गई थी। पूछताछ के बाद इतनी ही बात साफ़ हुई कि आत्मजा का कोई दोस्त नहीं था। कोई उसके दिल का हाल नहीं जानता था। आत्मजा अकेली ही आती-जाती थी। बाक़ी लड़कियाँ या तो उससे प्रभावित रहतीं या फिर उससे जलती थीं। लड़के उससे डरते थे। किसी को भी आत्मजा के बारे में कुछ ठीक-ठीक पता नहीं था। हाँ, सबने कहा कि जो भी उससे नोट्स माँगता, बेहिचक दे देती। यूँ किसी से उसकी प्रतिस्पर्धा नहीं थी। टीचर्स की दुलारी थी। उनका और स्कूल का नाम करने के लिए वह अकेले ही काफ़ी थी। स्कूल को मिली कई सारी ट्रोफ़ी उसने जीती थी। सोचते-सोचते कब आँख लगी, पता ही नहीं चला। जब आँख खुली, तो किचन में हलचल सुनाई दी।

शायद सविता। घड़ी देखी, तो सात ही बजे थे। इतनी जल्दी? मैंने उसे फ़ोन लगाया?

"इतनी सुबह सविता?"

"आप उठ गईं? सोचा, आपका खाना बनाकर रख जाऊँ। बहुत बुरी ख़बर है। कल रात नील भैया की तबीयत बिगड़ी, तो फिर सँभली नहीं। डॉक्टर बचा नहीं पाए। फेफड़े जवाब दे गए। नील भैया नहीं बचे। कल रात गुज़र गए। आहना भाभी का तो रो-रोकर बुरा हाल है। मुझे उनके पास रहना होगा। आपकी चाय और काढ़ा थर्मस में रखा है। खिचड़ी और परांँठि भी कैसरोल में हैं। पता नहीं कब आ पाऊंगी।" सविता बिना रोए एकदम नीरस स्वर में सब कह रही है।

नील नहीं बचा? नील गुज़र गया? मर गया? फेफड़े जवाब दे गए?

मैं मन ही मन दोहरा रही थी। जैसे मुझे विश्वास नहीं हो रहा हो। मैं सोच रही हूँ, मैं कितनी उदासीन हो गई हूँ, जो इतनी सहजता से इतनी बुरी ख़बर सुन पा रही हूँ।

क्या मेरी संवेदना सुन्न पड़ती जा रही है? और वह सपना? क्या मैं पागल हो रही हूँ? मैं चाहती हूँ कि रोने लगूँ। ज़ोर-ज़ोर से, पर यह हो नहीं रहा। मैं कुछ महसूस नहीं कर रही। मैं सोचने से बच रही हूँ। मैं वह नहीं सोचना चाहती, जो लगातार मन में दर्ज होता जा रहा है। जो महसूस कर रही हूँ, वह वास्तव में महसूस करना नहीं है। झिझक है, जिसे मैं अपने ही लिए, अपने ही अजीब वाक्यों में दर्ज कर रही हूँ। एक हताशा है, जो धीरे-धीरे लेकिन पक्के तौर पर घर कर रही है।

मुझे अजीब लग रहा है कि हताशा क्यों है और दुख या गुस्सा क्यों नहीं? क्यों किसी बात को लेकर मैं दुखी नहीं हो पा रही? क्यो नज़रअंदाज़ करना ज़्यादा आसान है। आश्चर्य है कि इस हाल में ऐसे लोग बचे हैं, जो सामान्य हैं। कितना भद्दा है इनका रोज़-रोज़ फ़ोटो चैलेंज खेलना। जीवन और मौत के बीच के तांडव के बीच भी कैसे ये लोग पकवान बना-बनाकर थक नहीं रहे। इन्हें क्यों किसी का दुःख प्रभावित नहीं कर रहा? कैसे मुमकिन है कि इनका ध्यान भंग नहीं हो रहा और ये प्रेम के उन्हीं पुराने रूपकों और उपमाओं से संतुष्ट हैं?

हमारे आँसू सूख गए शायद। हमारी नाराज़गी तक क़ायम नहीं अब। यहाँ तक कि हमने अपने दाँत और नाखून भी भीतर खींच लिए हैं। इन्द्रियाँ सुस्त हैं। हम कम महसूस करते हैं। हम कुछ भी अनदेखा और अनसुना करने में माहिर हो चुके हैं अब। हम न जाने किसलिए रही-सही ऊर्जा बचाना चाहते हैं। निष्क्रिय होकर। शीत-निद्रा की ही अवस्था हो जैसे। अब बचा है, तो बस आलस्य और नींद, काफ़ी कुछ मृत्यु की तरह। जैसे प्रलय का आना निश्चित है और हमारे बचने की कोई उम्मीद नहीं।

ऐसे में हताशा भी मेहनत का काम है। बेहद थकाने वाला।

आहना और उसके दुःख के बारे में सोचना बेहद दुखदायी है, उससे आसान है - सामान्य रहना। सीमा और राकेश के बारे में नहीं सोचना और आत्मजा की कहानी को थ्रिलर की तरह परत-दर-परत समझना। उसमें मनोरंजन ढूँढ़ना। शायद हम चील-कौवों से भी गए-गुज़रे हैं, जो ज़िंदा लोगों को भी नहीं बख़्शते।

मैंने मोहल्ले के वॉट्सऐप ग्रुप का आइकन अनम्यूट किया। अगर सविता नहीं बताए, तो मैं जब तक कोविड के पार आऊँ, पूरी दुनिया बदल चुकी होगी। फ़ोन पर अब लगातार नोटिफ़िकेशन बीप कर रहा था। मैंने मैसेजेस पर नज़र मारी। सारे मैसेज एक चिट्ठी को लेकर थे। हुआ यह था कि जब पुलिस ने स्कूल जाकर बच्चों से पूछताछ की, तो कुछ हासिल नहीं हुआ। स्टडी लीव की वजह से काफ़ी समय से बच्चे एक-दूसरे से मिले भी नहीं थे। जिसे कुछ डाउट होता, वह स्कूल आकर टीचर से पूछ लेता। आत्मजा से बस एक रिन्कू मिली थी, दुर्घटना से ठीक एक दिन पहले।

आत्मजा अपने नोट्स किसी को भी दे देती थी। रिन्कू को भी उसने 'हाँ' ही कही थी। दरअसल, रिन्कू को नोट्स में कोई दिलचस्पी नहीं थी। उसे सिर्फ़ घर से निकलने का बहाना चाहिए था कि वह अपने बॉयफ्रेंड से मिल सके। उसकी माँ ने बड़ी मुश्किल से आत्मजा के नाम पर 'हाँ' की थी। चूँकि रिन्कू को नोट्स में कोई दिलचस्पी नहीं थी, उसने नोटबुक खोली भी नहीं। हाँ, उसे आत्मजा से मिलकर हैरानी ज़रूर हुई। आत्मजा की आँखें सूजी थीं, चेहरा फीका। इस बात का ज़िक्र माँ से ज़रूर किया था। पुलिस ने पूछताछ के दौरान रिन्कू से नोटबुक माँगी, तो उसने तुरंत लाकर दे दी। उसने तो नोटबुक खोली ही नहीं थी। नोटबुक पुलिस ने खोली थी और यह पत्र सरक आया था। ख़त में कोई संबोधन नहीं था। न तारीख़।

"आपको ऐसा नहीं करना चाहिए था। काश, आप जानते कि मैं आपकी कितनी इज़्ज़त करती हूँ। जो बातें मैंने किसी से खुलकर नहीं की, वे सब आपसे कीं। आपने उसका भी मज़ाक़ बना दिया। मैं कितनी ग़लत रही सब कुछ देखने-समझने में। मुझे ख़ुद से घिन्न महसूस हो रही है। मैं छू तक नहीं पा रही ख़ुद को।"

ख़त आत्मजा के हाथ का लिखा था। पूरा नहीं था, अधूरा छोड़ा हुआ और उस पर थोड़ी स्याही फैली थी, जैसे एक बूँद पानी पड़ गया हो। शायद आँसू।

ख़त के अंत में एक क़ोट था।

Is there no way out of the mind?

– Sylvia Plath

वॉट्सऐप ग्रुप में यह किसने लीक किया, पता नहीं। पर पुलिस की मुस्तैदी बढ़ गई थी। सीमा और राकेश से पूछताछ जारी थी, पलाश से भी।

आहना अकेली थी घर में। अर्नब, उसका पति अकेला गया था श्मशान घाट। उसने दूर से नील को देखा, चिता पर धू-धू कर जलकर राख होते हुए। सविता ने बताया कि अर्नब बच्चों की तरह फूट-फूटकर रो रहा था। न जाने क्यों, सुनकर अच्छा लगा। दुखी होने से भी बुरा है सुन्न पड़ जाना। दुःख, जिसे पूरी रस्मों के साथ मनाया नहीं जाता, जिसके शोक-संगीत में कमी रह जाती है, जो आँखों से बहता नहीं, बेहद विकृत रूप में बाहर निकलता है। जैसे घाव, जो कभी भरते नहीं और जिनसे मवाद बहता रहता हो।

सलिलक्कि

आज थकान बहुत है, पर बुखार कम है। मैं उन भाग्यशाली लोगों में से हूँ शायद, जिन्हें कोरोना हुआ तो, पर वे बहुत गंभीर रूप से बीमार नहीं पड़े। हर कोई मेरी तरह नहीं, सभी अस्पताल खचाखच भरे हैं। अस्पतालों में इन दिनों ऑक्सीजन की कमी है। वेंटिलेटर्स की भी। यहाँ तक कि पीपीई किट पूरे नहीं पड़ रहे। लोग अकेले मर रहे हैं। नितांत अकेले। उनकी साँस उनके ही फेफड़े में डूबती जाती है। अस्पताल में वेंटिलेटर पर दाख़िल लोगों की तस्वीरें दिल दहलानेवाली हैं। उल्टे पड़े हुए लोग। तमाम नलियाँ और पाइप्स। सब एक तरह के दिखते डॉक्टर और नर्स।

पास के बेड पर पड़ा हुआ शव। कोई गंगाजल मुँह में डालने वाला भी पास नहीं। हद तो यह है कि पूरी तरह से सैनिटाइज़्ड कपड़ों में लिपटा शव हमारे ही सगे का है भी या नहीं, इसका भी पता नहीं चलता। श्मशान घाट तक में अब कतारें लगने लगी हैं। भारत में तो फिर भी अब तक स्थिति सँभली हुई है। इटली और स्पेन के हाल दहला देने वाले हैं। गूगल अर्थ दुनिया में जहाँ-तहाँ हज़ारों की तादाद में क़ब्र खोदे जाने की और बड़ी तादाद में उनके होने की पुष्टि कर रहा है। किसने सोचा होगा कि दुनिया इतनी तेज़ी से बदल जाएगी।

फिर भी इन सबके बीच कई बार जो जिजीबिषा देखने को मिलती है, वह कमाल है। पेरिस से आए कुछ विडियोज़ बहुत प्यारे हैं। लॉकडाउन के बीच अलग-अलग बालकनी से सबका साथ-साथ गाना, गिटार बजाना, मनुष्यता का त्योहार हो जैसे। साथ तब, जब हाथ मिलाया नहीं जा सकता... कितना मधुर और सुरीला है। साथ बचने की राहत से ज़्यादा, साथ हो सकने भर की ख़ुशी कितनी अनुपम है।

तबीयत सँभली-सी लग रही है। अब भी मुँह का स्वाद लौटा नहीं है, पर सब कुछ अब उतना कसैला भी नहीं। अब ख़ुद पर हँस सकूँ, इतना तो हुआ ही है। कोरोना ने जहाँ एक तरफ़ मास्क पहनाए हैं, वहीं दूसरी तरफ़ सारे मुखौटे उतार दिए हैं। इंसान कितना लालची, कितना स्वार्थी और कितना अकेला है, यह सब एक आश्चर्य की तरह खुला है। ऑस्ट्रेलिया से आई कुछ विडियोज़ देखकर तो दंग ही रह गई। लोग वास्तव में टॉयलेट पेपर के लिए एक-दूसरे से भिड़ रहे हैं। पुलिस बुलानी पड़ रही है। नियम बनाने पड़ रहे हैं। एक ख़रीदार चार टॉयलेट पेपर रोल ही ख़रीद सकता है। मैसिव स्टॉकपाइलिंग।

घरों के भीतर कितना-कितना तो सामान इकट्ठा हो रहा है। बुज़ुर्ग लोगों के लिए दुकानों में कुछ बाक़ी नहीं है। अस्पतालों में बुज़ुर्गों के लिए 'Do Not Resuscitate' के ऑर्डर दिए जा चुके हैं। कोई हाथ नहीं पकड़ रहा। कोई गले नहीं लग रहा। लोग हाथ जोड़ रहे हैं, विनती में, निराशा में, हार में, दर्द में। जैसे मास साइकोसिस हो। 2018 मे घटी एक दुर्घटना याद आ रही है। दिल्ली के बुराड़ी के परिवार का केस तो पता है न? ग्यारह लोग, एक ही परिवार से। सबने साथ फाँसी लगाकर आत्महत्या की। 17 से 77 की उम्र के इतने लोग। बहुत आश्चर्य हुआ, जब पहली बार सुना। फिर लगा, ऐसी भी होती हैं बीमारियाँ। Shared Psychosis - यही थ्योरी सबसे पुख़्ता थी।

पूरे परिवार में बस उनका कुत्ता बचा था। बाद में उनका कुत्ता भी मर गया। वह भूखा था, बीमार और ज़ख़्मी था, पर उसे बचा लिया गया था। अच्छा हो रहा था। शायद ठीक हो जाता। उस समय उस ख़बर ने ख़ूब झकझोरा था। मैं जानना चाहती थी कि वह ठीक हो गया। सोचो, वह ठीक था। वफ़ादार, प्यारा, उसका मानसिक संतुलन भी ठीक था। शायद इसीलिए समझ पाया होगा कि इस पूरी रस्म में उसे शामिल नहीं किया गया, जैसे वह परिवार का हिस्सा ही नहीं हो। फिर वह कार्डिएक अरेस्ट से मर गया। सोचती हूँ, उसे किस बात से ज़्यादा सदमा पहुँचा होगा।

इतने लोगों के मर जाने से या उसे परिवार का हिस्सा न समझे जाने से। पता नहीं। सदमा मुझे भी पहुँचा था। एक उदासी, जो कहीं दिल के बहुत भीतर जम गई हो जैसे। ऐसा लगता है, जैसे कुछ ऐसी ही उदासी हर तरफ़ तेज़ी से फैल रही है।

आत्मजा फिर याद आई है और ऐसा लग रहा है कि ये सारी बातें पहले ही हो चुकी हैं। आत्मजा, नील, मेरा कोरोना, इतना अकेलापन, इतनी उदासी। डेजा वू। अँग्रेज़ी में यह शब्द फ्रेंच से आया, ऐसा लगना कि ऐसा पहले भी घट चुका है। होने के पहले होने का पूर्वाभास। होने के बाद किसी पुराने समय की हूबहू-सी याद, जैसे सब घट चुका हो और मुझे सब धुँधला याद रह गया हो। इतना नहीं कि परत के नीचे की परत का पता चले, पर इतना कि हर गुज़री हुई बात का साया दिखाई दे।

यह एक अजीब-सी बेचैनी है। यूँ भी दोहराना हमारी प्रकृति है। हम बात दोहराते हैं। रात, फिर दिन दोहराते हैं। ग़लतियाँ दाहराते हैं। सब कुछ तो। एक उम्र के पड़ाव पर आकर हमें हर होती बात का एहसास होने लगता है। अनुभव और विवेक से हटकर यह हमारे दोहराव का हिस्सा है। एक तरह से हमारे होने का। हमारे वजूद का। समय के साथ विस्तार बढ़ने की जगह सिमटने लगता है। नई सब बातें पुरानी लगती हैं। हर बात का क्रम तय हो जाता है और हम क्रम से लम्हा आगे कर देते हैं।

बाहर का दरवाज़ा खुलने की आवाज़ है। सविता होगी। आज पहली बार इतने दिनों में कुछ खाने का मन है।

"सब ठीक सविता?" मैंने कमरे से ही आवाज़ लगाई।

सविता दरवाज़े तक आई है।

"आपकी तबीयत अच्छी लग रही है।" उसकी आवाज़ में राहत है।

"आत्मजा कैसी है?" मैंने पूछा।

"ठीक नहीं है दीदी। वेंटिलेटर से हटा नहीं पा रहे। बुखार चढ़-उतर रहा है। अब भी बेहोश है। आज पुलिस गई थी अस्पताल। उन्हें जाने क्या सुराग़ मिला है। जानना चाहते थे कि आत्मजा कब बयान दे पाएगी।"

केस के नए पहलुओं की कुछ ख़बर मुझे थी। मेरी बचपन की दोस्त दूसरे शहर में पुलिस विभाग में है। पुलिस डिपार्टमेंट में यह केस काफ़ी मशहूर हो गया था। उसी ने बताया था कि आत्मजा के लैपटॉप से कई सारी बातें पता चली हैं। उसके गूगल सर्च में पाया गया कि लगातार कई दिनों तक उसने सुसाइड के तरीकों को सर्च किया है। इन दिनों उसकी पढ़ी गई किताबों में सिल्विया प्लैथ ख़ास रही।

उसकी एक डायरी भी मिली है, जिसमें कई सारी छोटी-छोटी कविताएँ और क़ोट दर्ज हैं। यह वाली तो उसने पढ़कर सुनाई -

Death must be so beautiful. To lie in the soft brown earth, with the grass waving above one's head, and listen to silence. To have no yesterday, and no tomorrow. To forget time, to forgive life, to be at peace.

– Sylvia Plath

उसी ने बताया कि पलाश के अनगिनत मिस्ड कॉल्स पाए गए थे। पुलिस को भारी शक है कि वह स्टॉक कर रहा था। फिर उसी ने इस बात को ख़ारिज भी किया यह कहते हुए, "मुझे नहीं लगता कि लड़के ने कुछ किया होगा। उसे तो फुलटू इश्क़ था लड़की से। सारी बातें इसी तरफ़ इशारा करती हैं। फिर वह ऐन समय पर लड़की के पास नहीं पहुँचता, तो वह स्वर्ग सिधार गई होती।"

हुआ यूँ था कि पलाश उस दिन भी आत्मजा को कॉल पर कॉल करता रहा और आत्मजा ने उठाया नहीं। फिर वह आत्मजा के घर चला आया। दरवाज़े पर वह घंटी बजाता रहा, पर काफ़ी देर तक किसी ने

दरवाज़ा नहीं खोला। जब सीमा ने खोला, पलाश दौड़ा आत्मजा के कमरे में। आत्मजा फाँसी पर झूल रही थी। फंदा पूरी तरह कसा नहीं था और आत्मजा की सांस घुट रही थी। उसकी आँखें बाहर निकल रही थीं और लग रहा था कि वह बेहोश हो रही है। पलाश ने तुरंत उसके पाँव पकड़कर ऊपर उचकाया। जिस स्टूल पर आत्मजा फाँसी लगाने के लिए चढ़ी थी, फ़र्श पर गिरा पड़ा था। पलाश उसी पर चढ़कर फंदे की गाँठ ढीली करने लगा। गाँठ ढीली तो हुई, पर खुली नहीं। बहुत कोशिश करने पर भी वह गले से फंदा निकाल नहीं पाया। तब वह उसे यूँ ही पकड़कर स्टूल पर खड़ा रहा, मदद के लिए चिल्लाता हुआ। सीमा यूँ ही जड़ हुई खड़ी थी। सीमा ने तब भी पी रखी थी। बातों को समझने में उसे वक़्त लगा। उसका रिएक्शन टाइम काफ़ी स्लो था। ग़नीमत थी कि वह पुलिस और एम्बुलेंस को फ़ोन कर सकी।

जब पुलिस पहुँची, तो पलाश आत्मजा को थामे स्टूल पर ही खड़ा था। शक भले ही उस पर जाता, पर वह यूँ थामे नहीं रहता, तो आत्मजा ज़रूर जान गँवा चुकी होती। फिर सीमा का हाल भी कुछ समझने जैसा नहीं था। राकेश आहना के साथ आहना के घर था। नील बाहर था। पलाश मौके पर। अर्नब दफ़्तर में। कुल मिलाकर कहानी में बहुत ट्विस्ट थे। आत्मजा ने क्यों ख़ुदकुशी करने की सोची, यह तो वही जाने, पर मेरा मन कहता है कि पलाश ज़िम्मेदार नहीं है।

सविता चाय बनाकर ले आई है।

"बेबी तो पिछले दिनों किसी से मिली भी नहीं थी। बस स्कूल गई थी चार-पाँच बार अपने डाउट पूछने।"

मेरा ध्यान कल वॉट्सऐप पर लीक हुए ख़त पर है। सोचती हूँ कि किसी बेहद सुंदर, सफल लड़की को ख़ुद से घिन्न कब होगी? डेजा वू फिर। किसी बुरे सपने के फिर आने जैसा। मेरा मन जाने किन

अनजान आशंकाओं से घिरने लगा है। ऐसे लगता है, जैसे मैं इन सभी अपरिचित किरदारों के बीच फँसती जा रही हूँ। एक विचित्र क़िस्म का भय मेरे अंदर समाता जा रहा है। मैं उसकी पड़ताल करने से बच रही हूँ। शायद इस समय का अकेलापन सहन की हद से बाहर होता जा रहा है। मुझे और अकेले नहीं रहना। मुझसे और अकेला नहीं रहा जाएगा।

वाबस्ता

आज दसवाँ दिन है क्वारंटीन का। कुछ अजीब-सी थकान बनी हुई है, पर बाक़ी तबीयत ठीक है। खाँसी कम हुई है और बुख़ार नहीं है। नींद ठीक से नहीं आ रही है। रात को कई बार घबराकर उठ बैठती हूँ। फिर घंटों नींद नहीं आती। कोविड में बहुत अकेली पड़ गई। ख़ुद के साथ रहने, जूझने का बहुत ख़ाली समय मिला। यूँ भी लगा कि शायद अकेले ही मर जाऊँगी। ऐसे भी लगा कि मेरे मरने से कोई फ़र्क़ नहीं पड़ेगा। शायद किसी के भी मरने से कोई फ़र्क़ नहीं पड़ता।

पहली बार ठीक-ठीक एहसास हुआ कि मर गई तो शायद एक-दो शोक सभा हों भी, पर पूरे मन से शायद कोई रोएगा भी नहीं। पुराने दोस्तों से फिर से जुड़ना होगा। उन सब लोगों को अपने हिस्से का प्यार-दुलार देना होगा, जिन्हें मैंने लगातार ख़ुद से दूर कर लिया है। जीवन को नए सिरे से, नए तरीक़े से जीना होगा। आख़िर जीवन जो है, इतना ही है। यहीं। अभी।

अक्सर लगता है, मेरे भीतर एक दूसरी वासन्ती भी है। मुझसे ज़्यादा भोली, मुझसे मासूम और कमज़ोर भी। शायद मुझसे भली और प्यारी भी और उससे मिलकर मैं अक्सर बौखला जाती हूँ। मैं इतनी बदल गई हूँ कि हम मिल भी लें कहीं, पर एक नहीं हो पाते। मैं अपना एक हाथ दूसरे से थामती हूँ। यूँ अपना हाथ अपने ही हाथ से थामना अजीब है, जैसे एक होकर भी हम दो हों। एक जिसने पकड़ा है और दूसरा जिसने थमाया है अपना हाथ।

मुझे गल्फ़ ऑफ़ अलास्का याद आता है। जहाँ गहरा नीला और चमकीला हरा बिना मिले बहुत-बहुत दूर तक साथ चलते हैं। कहते हैं, इन दो

समंदरों का वजूद अलग है। घनत्व, तापमान, मिनरल्स। ख़ैर, दो समंदर साथ होकर भी अलग चलें, जहाँ यह अपने आप में अनोखा है, उससे भी अनोखा है, दो वजूद को साथ जीना। हम दोनों वाक़ई बहुत अकेले रह गए हैं। जैसे स्पर्श तो है, पर छू सकने से दूर।

यह भी एकांत है, जिसमें किसने पकड़ा था, किसने थामा, यह तय करना आसान नहीं है। पता नहीं, हमारा इतना अकेला होना क्यों ज़रूरी है। एक-दूसरे को थामते, थे तो मेरे ही दो हाथ, चाहते तो साथ मिल मेरा मन भी थाम सकते थे, पर शायद अब ये नहीं होगा। शायद बहुत देर हो गई।

बाहर दरवाज़े पर कोई है। सविता ही होगी।

"दीदी, अच्छी ख़बर है। आत्मजा को होश आ गया।"

"अरे वाह! बात कर रही है? तुम मिली उससे?"

"नहीं दीदी, अभी नहीं। मिलूंगी। कल शायद। हाँ, पुलिस गई थी उसके पास। शायद बेबी ने कुछ कहा नहीं।"

बीते दिनों बहुत अफ़वाहें चलीं। यह सीमा के शराब पीने के तमाम क़िस्सों के अलावा, राकेश और आहना की नज़दीकियों के बारे में भी थीं। जाने कितना सच था और कितनी गप्प। लोग इसे किसी थ्रिलर फ़िल्म की तरह देख-समझ रहे थे। आत्मजा के अकेले और अलग-थलग रहने और किसी से अच्छी दोस्ती नहीं होने की कई सारी थ्योरी थीं।

किसी ने यह गुंजाइश बताई कि पापा के प्रेम प्रसंगों के रहते आत्मजा को बहुत धक्का लगा होगा। किसी ने यह भी सुझाया कि हो-न-हो बाप ने ही उसके साथ कुछ किया होगा। इस बात पर भी रोशनी डाली गई कि वह और किसी से तो मिली भी नहीं। पुलिस को लेकिन अब भी सारा शक पलाश पर था मगर मोहल्ले वालों को पूरा विश्वास था कि पलाश ऐसा नहीं कर सकता।

सविता को सब पता होगा। मैं थोड़ा झिझकी, ऐसे सवाल-जवाब में उलझने से पहले। आख़िर फ़िज़ूल की बातों और अफ़वाहों पर बहस मुझे बिलकुल ठीक नहीं लगती। पर मैं बात आगे बढ़ाने के लिए नहीं, सिर्फ़ जानने भर की इच्छा से पूछना चाहती थी। फिर मैं अपने आप से उलझ-उलझकर थक गई हूँ। सोचने के लिए और कुछ है नहीं, ऑफ़िस भी ऑनलाइन है और मेरे कोविड होने के चलते कोई संपर्क भी नहीं कर रहा। मेरी दुनिया इतनी ही है। फिर यह घटना अभी सुलझी भी नहीं है। कोई 17 साल की लड़की यूँ ही फाँसी पर नहीं झूल सकती। वह भी उसके जैसी समझदार लड़की। कोई तो बात होगी।

सच यह भी है कि भले मैं कहूँ, इस तरह बातें करना मुझे पसंद नहीं, इस तरह गप्प लगाना भी थेराप्यूटिक ही होता है। सास-बहू के तमाम सीरियल यूँ ही बाज़ार में नहीं हैं। हम सब चाहते हैं कि हम अपनी नज़र में दूसरों से बेहतर दिखें। दूसरों के किरदार में सही-ग़लत का फ़ैसला करके हम अपने लिए एक राय बनाते हैं- एक नैरेटिव, जिसे हम अपनी सहूलियत के मुताबिक़ स्वीकार कर सकें।

मैंने सहज रहने की कोशिश करते हुए पूछा, "आहना और राकेश का कोई चक्कर था?"

"दीदी!"

सविता चौंकी, उसको मेरा यूँ पूछना दुखी और हैरान दोनों कर रहा था।

जाने क्यों, पूछते ही मुझे भी ख़ुद पर शर्मिंदगी महसूस हुई।

"तुम नहीं बताना चाहती, तो रहने दो। मैं तो सिर्फ़ आत्मजा के बारे में सोच रही थी।"

"मुझे नहीं पता दीदी। आपको पता है, आत्मजा का एक भाई भी था?"

"नहीं तो।"

"बहुत मन्नतों के बाद हुआ था, सात साल पहले ही तो। पर साल भर का होने के पहले ही गुज़र गया। शायद तब से ही सीमा भाभी बदल गईं।"

"लोग कहते हैं वह बहुत शराब पीती हैं।"

"हाँ, पिछले कुछ महीनों से ज़्यादा ही।"

"आहना और राकेश...?"

"पता नहीं दीदी। मैंने तो नहीं देखा। सीमा भाभी तो जाने क्यों उदास होती जा रही हैं। अब कभी मुझे भी किसी बात पर नहीं टोकती। कुक भी जो मर्ज़ी आता है, बना जाती है। राकेश भैया भी देर से घर आते हैं। बेबी पर इन बातों का असर ज़रूर हुआ होगा। कहती तो कुछ नहीं थी, पर वह भी बस कमरे में अकेले ही रहती थी।"

सविता ज़रा रुककर बोली, "आपको तो पता है न! मेरा आदमी मेरे साथ नहीं रहता है?"

"हाँ, तो?"

"वह दारू-वारू कुछ नहीं पीता था दीदी। काम करता और घर आ जाता था। रात को बहुत प्यार भी करता। मुझे लगता था कि सब ठीक है।"

"फिर?"

"फिर एक दिन मैं काम से घर ज़रा जल्दी पहुँच गई, तो घर में दूसरी औरत थी। मेरा आदमी और वह सटके बैठे थे। मैं खड़ी रही, पूरे दस मिनट। उन्हें कुछ पता नहीं चला। मैं दौड़कर वापस आ गई। बेबी थी बस। बेबी के गले लगकर खूब रोई। अगले दिन मैंने आदमी से कहा, घर खाली कर दे। नहीं तो मैं बच्चियों को लेकर कहीं भी और चली जाऊँगी।"

"अरे?"

“बेबी को बताया मैंने। बेबी ने कहा कि मैंने बिलकुल ठीक किया। यह भी कि जो औरत ख़ुद के लिए नहीं खड़ी हो सकती, वह कभी अपनी बच्चियों के लिए नहीं लड़ सकती।”

सविता काम निपटाने में लग गई।

सविता ने अपनी बात क्यों कही, यह तो मैं नहीं समझ पाई। हाँ, मैंने सविता के बारे में इस तरह से कभी नहीं सोचा था। वह समझदार थी, स्वाभिमानी भी। मुझे यूँ भी लगा कि दुनिया और जीवन को देखने की उसकी नज़र शायद मुझसे ज़्यादा परिपक्व थी।

ख़ैर, इन बातों से आत्मजा की कहानी सुलझने से रही। एक उम्र में आकर हम शायद समझ भी लें कि रिश्ते कितने पेचीदा हो सकते हैं, पर बचपन और किशोरावस्था में कुछ भी समझना आसान नहीं होता। बचपन में हम में होती ही कितनी समझ है सही-ग़लत की? अच्छे-बुरे की? टच की? किसी बच्ची की मर्यादा लांघी गई हो, तो उसे यह समझने में भी वक़्त लगता है कि उसके साथ ऐसा हुआ है। जो माँ-बाप उसकी सुरक्षा के लिए ज़िम्मेदार हैं, वही उसे अगर ऐसी स्थिति में चाहे-अनचाहे, जाने-अनजाने झोंक दें, तो किसी भी बच्ची का उलझ जाना बहुत स्वाभाविक है।

क्या आत्मजा के साथ ऐसा कुछ घटा होगा?

राकेश और आहना की नज़दीकी के बारे में सविता कुछ भी कहने को साफ़ टाल चुकी थी। उसने अर्नब और आहना के विषय में भी कुछ नहीं बताया। मैं ख़ुद ही घटनाक्रम बैठाने की कोशिश कर रही हूँ। मैं जानती हूँ कि कोई भी लड़की जैसे-जैसे बड़ी होती है, उसे अपने उभरते अंगों की पहचान होती है। साथ ही इस बात की समझ भी बढ़ती है कि उसकी मासूमियत और बेबसी का किस क़दर फ़ायदा उठाया गया। यह सब समझ पाना बहुत जटिल है। दोषी वास्तव में कौन है, तय कर पाना

बहुत कठिन है। ऐसे में सबसे मुश्किल होता है, खुद को अपराधबोध से बचाना। उससे भी मुश्किल होता है, ख़ुद से प्यार करना। होते-होते हम उस नफ़रत का शिकार भी हो जाते हैं, जो हमें हमारे ही साथ खड़े नहीं होने देती और किसी से प्यार करना या किसी का प्यार पाना दोनों असंभव हो जाता है। किसी पर भरोसा नहीं रहता। अपने ख़ुद के माता-पिता पर भी नहीं। अपने भगवान पर भी नहीं। घिन्न आती है ऐसे समाज पर। ख़ुद पर।

यही कहा था न आत्मजा ने?

मेरी धड़कन तेज़ हुई है। मेरे एक हाथ ने दूसरे को और कसकर थामा। आँख भर आई। मैंने महसूस किया, एक वासन्ती को दूसरी ने थामा हुआ था। हरा और नीला, गल्फ़ ऑफ़ अलास्का। सौहार्द्र और बेबसी... इन्हीं दो बातों ने मेरे भीतर के इन दोनों वजूद को जोड़े रखा है शायद।

शायद आत्मजा का केस इतना जटिल भी नहीं। शायद आत्मजा की कहानी मैं बहुत पहले से जानती हूँ। शायद यह सब पहले भी घट चुका है।

हिकिकोमोरी

क्वारंटीन का 12वां दिन। दो दिन और। फिर टेस्ट भी होगा और शायद आज़ादी भी मिलेगी। वैसे हमारे आस-पास पूरा एक क्लस्टर उभर आया है। कई लोग बीमार हैं। अस्पताल में वेट-लिस्ट लग गई है। डॉक्टर पॉज़िटिव हो रहे हैं। लोग अस्पताल जाने से घबरा रहे हैं। इंश्योरेंस वालों के इश्तेहार बढ़ गए हैं। कोरोना के केस की सही गिनती के बारे में भी सबको संदेह है। शवगृहों और श्मशानों में मृत देहों की गिनती से हिसाब लगाया जा रहा है।

कुछ लोग इन दिनों सुखी भी हुए हैं। लोग घरों में सपरिवार उठ-बैठ रहे हैं। रोज़-रोज़ पकवान बन रहे हैं। जो संवाद के तार टूट गए थे, जुड़ने लगे हैं। बहुत सारे कुकरी शो लोकप्रिय हो गए हैं। लोग घर में ही कसरत कर रहे हैं। बहुत छोटे बच्चे भी अब मोबाइल पर हाथ आज़माने लगे हैं। केजी तक में ऑनलाइन पढ़ाई हो रही है। ये बच्चे पीडीएफ़ फ़ाइल तक बनाना सीख गए हैं। ज़ूम झूम-झूमकर हर फ़ील्ड में घुस गया है। हार्वर्ड और स्टैनफ़र्ड के कोर्स ऑनलाइन हो गए हैं। हर किसी का ध्यान सांस पर है। सुगंध पर। हवा पर।

एक अदने से वायरस ने ताबड़तोड़ कई सारे सबक़ दे डाले। मन तो बहुत था कि उसे ही भगवान का कोई अवतार मान लूँ। बचे हुए बाक़ी सारे सबक सीख ही लूं। फिर एहसास हुआ कि बहुत लोग मर गए। बहुत लोग थक चुके हैं। बहुत कुछ बना-बनाया बिगड़ गया है। एक वायरस से इतनी अपेक्षा करना ठीक नहीं कि उसे सही-ग़लत, न्याय-अन्याय और हार-जीत की परख होगी। सब रैन्डम है। कौन-सा सिरा कहाँ जा मिले, पता नहीं। सफ़र कितना भी लंबा हो, ख़त्म वहीं हो सकता है, जहाँ शुरू हुआ था।

फिर भी तमाम बातों के बाद अगर हम इतना भी समझ लें कि जिस हवा में हम सांस लेते हैं, वह हमारी निजी नहीं है, तो बहुत होगा। एक सांस छोड़ता है और उसकी बासी सांस दूसरा खींच लेता है। जीवन यूँ ही जीवन से बँधता है। सांस में प्राण हैं। कभी देखा है, कैसे सीपीआर देने वाला व्यक्ति अपनी सांस में घुले प्राण को फूंक देता है दूसरे में? कोरोना वायरस जैसे हवा में ही घुल गया हो और बता रहा हो कि जीवन कितना संक्रामक है, जैसे हम एक कॉन्टैक्ट ट्रेसिंग करते-करते जान पाते हैं कि एक सांस कहाँ से कहाँ तक पहुँच गई। जैसे अदृश्य सांस किसी रंग में रंग गई हो और अब दिखने लगी हो। और देखो तो, कैसे हम सब एक ही हवा, एक ही सांस को मिल-बांट रहे हैं।

एक ही प्राण भी। बस अंदाज़ा ही नहीं होता। विश्वास भी कि प्राण जैसी इतनी अनमोल चीज़ मुझमें और आत्मजा में, नील में, सीमा-राकेश में, सब में बंटी है। जब तक मेरे आस-पास जो हैं, उनके फेफड़ों में सांस अटक-भटक कर पहुँचेगी, जाने मुझे आराम कैसे आएगा।

क्वारंटीन के ख़त्म होने पर कहीं बहुत दूर अकेले निकल जाने का मन है। देर रात को ट्रेन में जैसे। तब, जब सब सो रहे हों और ट्रेन की रोशनी खिड़कियों से छनकर पटरी के साथ सरपट दौड़ती हो। दूर आसमान में चाँद हो, साथ चलता हुआ। बादल भी, अपनी चाल में खुलते-सिमटते। खिड़की पर सिर टिकाकर बैठने का मन कि ठंडी हवाएं आँसुओं को उड़ा ले जाएं, गाल छूने से पहले। रफ़्तार का अपना सुख है। ख़ुद से दूर भागने का सुख।

"दीदी! दीदी!"

सविता की आवाज़। इतने दिनों में पहली बार उसमें ख़ुशी झलक रही है।

"ऐसे क्यों चहक रही हो सविता?"

"बेबी को होश आ गया। बताया था न? मैं मिली कल बेबी से। अच्छे से बात कर रही है। मुझे देखकर हंसी भी। पुलिस भी बयान लेकर चली गई।

बेबी ने पुलिस को बताया कि पढ़ाई का टेंशन था, फिर डिप्रेशन होने लगा और उसने ऐसा ग़लत क़दम उठा लिया। पुलिस शायद केस बंद कर देगी अब।"

"हम्म। और वह ख़त, जो उसने लिखा था?" ऐसे ही पूछा था मैंने। बिना जवाब की उम्मीद किए।

कल शाम को ही मेरी बात पुलिस विभाग की मेरी दोस्त से हुई थी। उसी ने फ़ोन किया था आत्मजा के बारे में बताने के लिए।

"बयान तो पुलिस ने ले लिया। सीधा-सादा डिप्रेशन और आत्महत्या की कहानी। सब साफ़ ही था। बाक़ी लोग निकल गए थे। मैं महिला कांस्टेबल के लिए रुकी थी। मेरा ध्यान ज़रूर लड़की पर था। लड़की इतने दिनों बाद बेहोशी से उठी थी। उसके माता-पिता साथ ही थे, पर जाने क्यों लगता था कि किसी के पास दूसरे से कहने के लिए कुछ नहीं है। लड़की की आँखें बिलकुल वीरान थीं। माँ स्टूल पर थोड़ी दूर ही बैठी थी, शून्य को ताकते हुए। पिता लगातार मोबाइल पर थे। वहाँ राहत ज़रूर थी, पर बेटी के बचने की ख़ुशी को कोई ज़ाहिर नहीं कर रहा था।"

"तभी वह लड़का आया था, पलाश। सीधा लड़की तक पहुँचा, जैसे बाक़ी और कोई वहाँ हो ही नहीं। वहीं बेड पर उसके सिरहाने बैठ गया। फिर उसका हाथ अपने हाथों में लिया। देर तक उसे पकड़े-थामे जाने क्या कुछ कहा-सुना। लड़की और लड़के के बीच कोई झिझक नहीं थी। उसने उसके चेहरे पर हाथ फेरा। माथे पर। आँखों पर। उसके गले में फंदे से पड़े निशान को छुआ, फिर टॉवेल गीला करके उसका चेहरा पोंछ दिया।"

"पता है वासन्ती, उसका यह सब करना इतना सहज लग रहा था। सुंदर भी। वह किसी प्रेमी की तरह नहीं था उसके साथ, वह पिता की तरह लग रहा था। लड़की ने एक बार भी रोकने की कोशिश नहीं की। लड़की मुड़ी

लड़के की तरफ़। पहली बार मुझे उसकी आँखें वीरान नहीं लगीं। लड़के ने कसकर उसे अपने घेरे में लिया। लगभग दबोचते हुए। वह किसी बच्ची की तरह आलिंगन के भीतर सिमटती चली गई। फिर उसकी आँखों से आँसू बहने लगे और सिसकियाँ... हल्की, फिर बहुत ज़ोर से। वह पता नहीं कितनी देर यूँ ही रोती रही।"

"लड़की के माँ-बाप अपनी जगह से हिले भी नहीं। जैसे वे वहाँ होकर भी वहाँ कहीं नहीं थे। पलाश थामे रहा उसे। जाने क्या बुदबुदाता रहा उसके कान में। उसने रोने दिया उसे। एक बार भी अपनी पकड़ ढीली नहीं की। दोनों आपस में कुछ नहीं बोले। आधा घंटा गुज़र गया होगा शायद। मुझे तो यह भी ध्यान नहीं रहा कि कब से वह महिला कांस्टेबल आकर पास खड़ी हुई। रोते-रोते लड़की सो गई। पलाश ने हाथ थामे रखा। मैंने एक और बार लड़की को देखा। उसके माँ-बाप को भी।"

"वासन्ती सच कहूँ, तो मेरा मन भर आया। कोई इतना अकेला कैसे हो सकता है। इतना उदास। सच तो यह है कि उस लड़की को मरने के लिए शायद फाँसी लगाने की भी ज़रूरत नहीं। ऐसे जीना तो सिर्फ़ सांस लेना है। मुझे नहीं लगता कि यह सीधे-सादे टीनेज सुसाइड का केस है, पर अब आगे तहक़ीक़ात शायद न हो। शायद पुलिस फ़ाइल बंद कर देगी।"

मैं सोच रही थी।

हिकिकोमोरी (अंतर्मुखी या बाहरी दुनिया से कटे युवा)

जुलाई 2018 में पहली बार मैंने यह शब्द सुना था। जापान में 1 प्रतिशत जनता हिकिकोमोरी है। अधिकतर नौजवान या किशोर लड़के। लड़कियां भी। ऐसे बच्चे जिन्हें स्कूल, स्कूल से बाहर, घर, परिवार में बुली किया गया, स्वीकार नहीं किया गया, दुत्कारा गया या जो सफलता के मानदंडों पर खरे नहीं उतरे।

ये लोग खुद को अकेला करते चले जाते हैं। पहले भीड़ और फिर समाज और व्यवहार से दूर। फिर कमरे के भीतर। अकेले। बहुत-बहुत अकेले। खुद को खुद के भीतर कैद करते हुए। सालों-साल। जापान में यह एक मनोव्यथा की तरह सामने आई है, पर ज़ाहिर है कि यह हर जगह संभव है। हर ऐसी जगह, जहाँ सफल होना खुश होने से ज़्यादा ज़रूरी है। हमारा समाज, हमारा विकास, हमारी होड़, हमारी उलझन, जलन और हमारी महत्त्वाकांक्षा, सब कुछ हमें अकेला और बहुत अकेला करते जा रहे हैं।

आत्मजा के बारे में सुनकर मुझे यही सब याद आया। याद आई मैका एलॉन की खींची कई ढेर सारी तस्वीरें। तस्वीर, जिनसे अकेलापन रिसता है, उदासी भी और एक तरह का भयावह सन्नाटा।

जापान में इस उदासी की चिंता गहरी है, जैसे एक पूरी पीढ़ी के बहुत सारे लोग उदासी के भीतर ग़ायब होते जा रहे हों। इन्हें इस अवसाद से निकालने के लिए ऐसे नौजवान लड़के और लड़कियों की ज़रूरत महसूस होने लगी, जो इस अँधेरे से इन्हें खींच बाहर ला सकें। इन्हें हिकिकोमोरी सिस्टर्स एंड ब्रदर्स कहा गया। ये सिस्टर्स और ब्रदर्स किसी-न-किसी तरीक़े से संवाद बनाने की कोशिश करते। ख़त लिखते। समाचार बताते। सुख-दुख साझा करते। बातें। ढेर सारी बातें। वे उन्हें सुनते। वापस लौटने का हौसला देते। कई बार उनके अँधेरे को साझा करते, उन्हें एक-दूसरे से ही प्रेम हो जाता।

जीवन वाक़ई में एक खेल है। हम सब अपनी-अपनी पारी खेलने आते हैं। यहाँ साया और छाया का खेल लगातार चलता है। थोड़ी धूप और बहुत सारा अँधेरा। साये दौड़ते हैं पीछा करते हुए। साये को अक्सर लगता है वह अलग है, मगर सायों का कोई अस्तित्व नहीं। धूप होती है, तो साया अलग दिखता है, होता नहीं। साया अँधेरा तो बहुत करता है, पर कभी विश्राम नहीं बनता। दोनों में बुनियादी फ़र्क़ है। छाया साया की तरह नहीं

है। छाया में सुकून है। छाया के नीचे दो मिनट सुस्ताया जा सकता है। छाया में ममता है, प्यार और आराम है। उसका अपना एक अस्तित्व है। छाया थमी रहती है धूप में, उस तक पहुँचना भले ही पड़ता है। और पता है, छाया के नीचे साया कभी नहीं रहता।

जाने क्यों पलाश और आत्मजा की बात सुन यह सब मन सोचता चला गया। जाने कैसे हुई होगी एक छोटी-सी बच्ची इस दुनिया में इतनी अकेली। और पता नहीं, पलाश ख़ुद किन अँधेरों से निकलकर पहुँचा है। आख़िर अँधेरों में रास्ते उन्हें ही सूझते हैं, जो इसके आदी हों और बिना डर थामते भी वहीं हैं, जिन्हें यक़ीन हो कि बाहर के रास्ते पकड़ना हमेशा मुमकिन है।

"दीदी!"

"हाँ बोल!"

"ख़त के बारे में तो मैं भूल ही गई थी। क्या उससे कोई दिक़्क़त होगी?"

असरार

पलाश और आत्मजा का रिश्ता नई रोशनी में दिखने लगा था। आत्मजा जाने कितने नए आयामों के साथ मेरे मन में दर्ज होती जा रही थी। दूसरी तरफ़, मैं हर बात का सरलीकरण करना चाह रही थी। सरलीकरण में एक अनोखा सुख है। आपको किसी बात की तह तक जाने की ज़रूरत नहीं होती लेकिन जब कोई बात आपके मन को झकझोरती है, तो बात सहज हो, तो भी सरल नहीं रहती। वह अभिव्यक्ति के लिए अपने शब्द और वाक्य तलाशना शुरू कर देती है। आत्मजा और पलाश का अंतरंग मेरे साथ ऐसा ही कुछ कर रहा था।

वैसे बहुत दिनों से मैं ख़ुद को शब्दों से बचाकर चल रही हूँ और शब्द हैं कि कहीं भी रास्ता रोककर खड़े हो जाते हैं, जैसे ज़िद करते बच्चे हों, जो अपनी माँ का ध्यान खींचने के लिए बॉल से फूलदान तोड़ लेते हैं। जैसे किसी ख़ूबसूरत तितली को शब्द अगर पकड़ लें, तो उसका रंग झड़ जाता है और फिर वह बात कभी ठीक से उड़ान नहीं भरती।

मैं चुप होकर बात को ख़ुद को कहने का मौक़ा देती हूँ अपनी नीरवता में लेकिन चुप अपने आप में एक अँधेरा है। अँधेरा अपने लिए जगह बनाता है। अँधेरा रोशनी की तरह यहाँ-वहाँ बिखरा नहीं होता। सतत फैला हुआ रहता है। अँधेरे में वह भी दिखता है, जो उजाले में नहीं दिखता। अँधेरों में जो सच खुलते हैं, वे ज़्यादा विचलित करते हैं।

बहुत दिनों बाद अच्छी नींद भी आ रही थी, पर अब ख़यालों का ताँता यूँ लगा है कि सोच रही हूँ, सविता ख़त को लेकर वाक़ई चिंतित थी। अगर आत्मजा अब ठीक है और भावनाओं में बहकर उसने ऐसा क़दम उठाया

हो और अब सब ठीक हो गया हो, तो केस की फ़ाइल का बंद होना ही ठीक होगा। अब और कुछ भी सोचना बाल की खाल निकालने जैसा होगा।

मैंने एक बार फिर उस ख़त में लिखी बात को याद करने की कोशिश की।

"आपको ऐसा नहीं करना चाहिए था। काश, आप जानते मैं आपकी कितनी इज़्ज़त करती हूँ। जो बातें मैंने किसी से खुलकर नहीं कीं, वे सब आप से कीं। आपने उसका भी मज़ाक बना दिया। मैं कितनी ग़लत रही सब कुछ देखने-समझने में। मुझे खुद से घिन्न महसूस हो रही है। मैं छू तक नहीं पा रही खुद को।"

मुझे एहसास हुआ, मैं फिर सरलीकरण करना चाहती थी। यह बात कितनी साफ़ थी कि ख़त की भाषा में निराशा और उदासी थी, लिखने वाले की मनोदशा बहुत नाज़ुक थी।

मेरे मन में अजीब आशंकाएँ जन्म ले रही हैं। जीवन में हम गोल-गोल घूमकर एक ही बिंदु पर फिर-फिर लौट आते हैं, पर मैं सिर्फ़ बिंदु पर ही नहीं, बल्कि हू-ब-हू भावनाओं, स्थितियों और संदर्भों में लौट आती हूँ। बात वहीं तक होती, तो भी ठीक थी। पर मैं कुछ ख़ास शब्दों पर भी रह-रहकर लौट आती हूँ। शब्द भी हमला बोल सकते हैं। किसी आँधी-तूफ़ान की तरह कुछ शब्द घेरते हैं और यूँ लगता है, जैसे आपके सिर के ऊपर से टीन की छत उड़ गई हो, पेड़ उखड़ गए हों, तेज़ हवा आपको काटते हुए निकल जाए और आप बौखलाकर वेदर फ़ोरकास्ट देखने लगें।

कैलोप्सिया - चीज़ों का, जितनी वे हैं, उससे ज़्यादा सुंदर दिखना।

यह शब्द नहीं है। बीमारी है। एक तरह का इल्यूज़न कि चीज़ें ज्यों की त्यों ही रहती हैं, पर आपको ज़्यादा सुंदर दिखती हैं। यह शब्द तब तक आप तक नहीं लौटता, जब तक कि आप इसके असर में रहते हैं। और जब सच दिखता है, तो ग़ज़ब ठगा-सा महसूस करते हैं।

जाने क्यों, मैं यथार्थ को यथार्थ की तरह देखने से बचना चाहती हूँ। कैलोप्सिया की तरह बातें दर्ज हों, तो तकलीफ़ कम देती हैं। ख़ैर, कल अपनी दोस्त से पूछूँगी कि केस का क्या हुआ। अभी सोना चाहिए।

खिड़की खुली है। शायद पूनम है आज। बाहर दूधिया उजाला फैला हुआ है। पीपल के पत्तों की आवाज़ रह-रहकर सुनाई दे रही है, जैसे सागर कोई मद्धम-सा गीत गाकर सुला रहा हो। बहुत दिनों बाद सुकूनवाली नींद आ रही है। जानी-पहचानी-सी। रात का विश्राम।

और तभी एक ऑटो के घर के ठीक सामने रुकने की आवाज़। कोई औरत उतरी है। मैंने झांककर पहचानने की कोशिश की। सविता है। उसके हाथ में कपड़े का एक बैग है।

यह इतनी रात गए क्यों आई होगी?

घर की चाभी उसके पास ही रहती है। उसने ताला खोला और अब वह घर के भीतर है।

"दीदी! सो गए क्या?"

"नहीं, सोने ही वाली थी। क्या हुआ? सब ठीक तो है?"

"नहीं, ठीक नहीं है दीदी। बताती हूँ... आपको पता है न, कल बेबी अस्पताल से घर आ जाएगी। आपका भी आख़िरी दिन है अकेले रहने का। मैं ख़ुश थी कि सब बला टली अब। आप सबका घर साफ़ करके सब जगह सैनिटाइज़र से पोंछ दिया है। बस सीमा भाभी का किचन बाक़ी था। शाम को साफ़ कर रही थी। सब बड़े-छोटे डिब्बे हटाकर और तब मुझे आटे और चावल के डिब्बों के पीछे एक छोटी-सी नोटबुक मिली। छिपाकर रखी थी। मैंने देखा बेबी की है। मैं बेबी का लिखा पहचानती हूँ। खोलकर देखा, तो तारीख़ देकर पूरी नोटबुक लिखी है। पिछले एक महीने की तारीख़ है। ऐसे छिपाकर किसने रखी होगी! भाभी ने? बेबी ने?"

"पहले तो मैं बहुत डर गई। फिर सोचा, पुलिस को सौंप दूँ। निकली तो पुलिस स्टेशन के लिए ही थी कि वहीं दे दूँगी। फिर जाने क्यों, डर लगा दीदी... मैंने यह उन्हें दी, तो ये लोग बेबी को और सताएँगे तो नहीं? आप देखेंगी दीदी? पढ़कर? फिर ठीक लगे, तो दे देना पुलिस को।"

मैं चौंकी, "मैं?"

"और किस पर विश्वास करूं दीदी? सीमा भाभी और राकेश भैया से पूछना ठीक नहीं होगा। न ही अर्नब भैया या आहना भाभी से। पलाश तो भड़क ही उठेगा।"

सविता ने नोटबुक दरवाज़े से अंदर सरकाई।

एक छोटी-सी पॉकेट डायरी थी। हर पन्ने पर डूडल थे। छोटे-छोटे ब्योरे। कोडवर्ड्स भी। लगभग हर पन्ने पर एक छोटी लड़की थी। पहली एंट्री पर दो महीने पहले की तारीख़ थी। लड़की ने लाल और सफ़ेद रंग का स्वेटर पहना था। दो पिग टेल्स। हँसती हुई लड़की। बालों में क्लिप, हाथ में खिलौना, मुस्कुराता चेहरा। साथ में पितानुमा कोई शायद। क़द में बड़ा। वह भी मुस्कुराता हुआ। लगभग आठ-दस एंट्री ऐसी ही। फिर एक पन्ने को फाड़ा हुआ। एक पन्ने पर काले क्रेयॉन से आड़ा-तिरछा घिसा हुआ। इतना कि पन्ना फट गया था। उसके बाद एक पन्ने पर लाल, काला, बैंगनी। खुला मुँह। नुकीले दांत, जिसके भीतर कुछ धँसा हुआ। उसके बाद की तस्वीरों में लड़की की आँख, नाक, मुँह सब ग़ायब। वह व्यक्ति भी। बस यहाँ-वहाँ उसका किसी पन्ने पर साया दिख जाता।

ऐसा होता है न कि कई बार हमारे अवचेतन को बात पहले समझ आ जाती है, जबकि मेरा दिमाग़ अब भी सही निष्कर्ष निकालने की कोशिश कर रहा था। मेरा ध्यान शब्दों पर गया। बेहद कंजूसी से लिखे गए वाक्य, जैसे सिर्फ़ ख़ुद के लिए लिखे गए हों।

"आज नया दोस्त मिला :-))

सुंदर है दुनिया। सब कुछ कितना सुंदर।

एक दिन मैं बहुत बड़ी बनूंगी, एक दिन।

मैं कितनी सुंदर हूँ और मुझे पता ही नहीं था।

इस बार सबके साथ होली खेलूंगी।

किताबें बहुत-सी पढ़ी होंगी तुमने… कौन सी फ़ोटू?

मेरे मन का दोस्त। कुछ भी कर सकती हूँ तुम्हारे लिए।

सिर्फ़ एहसास है यह…

वैसी फ़ोटू… क्यों?

ग़लत

सब ग़लत

मुझे डर लग रहा है।

मैं क्यों चुप रही?

मुझे नहीं पढ़ना।

मैं पागल हो जाऊंगी।

मैं और नहीं सह सकती।

मुझे ज़िंदा नहीं रहना।

मैंने बहुत कोशिश की।

द एन्ड"

और फिर आख़िरी पेज पर एक डूडल, फाँसी का फंदा।

मैं नोटबुक पकड़े काँप रही थी। मैं रोना चाहती थी। यक़ीनन यह ऐसे ही अवसाद में की गई आत्महत्या की कोशिश नहीं है।

बरसों पहले की बात याद आ रही है। शादी के लिए मेट्रिमोनियल में कई इश्तेहार दिए जा चुके थे। मम्मी-पापा ने बहुत ढूँढ़कर एक होशियार-सा डॉक्टर मुझे दिखाया था। डॉक्टर ज्योति प्रोसाद रॉय। ज्योति। देखते ही दिल आ गया था। तहज़ीब और अदा में उसका कोई सानी नहीं हो सकता था। बातें करने लगे, तो लगता दुनिया के हर विषय के बारे में उसे पता है। हर बात को कहने और बरतने का अंदाज़ एकदम निराला। टीटोटलर। सिगरेट, तंबाकू कुछ नहीं। वह शादी के लिए तुरंत मान गई थी।

सब ठीक था कुछ दिनों तक, पर फिर कई बार मुझे लगने लगा कि वह भूल जाता है कि मैं उसकी बीवी हूँ। किसी हिन्सक जानवर की तरह क़ब्ज़ा करने को आतुर। मुझे ऐसा लगता, जैसे मेरा कष्ट और पीड़ा उसे आनन्द देते हों। बाक़ी समय उसका संयत रहना और बहुत प्यार जताना एक तरह भ्रम पैदा करता। मैं उसे समझने की कोशिश करती, पर हारती जाती। वह सभी बच्चों का चहेता अंकल था। उन्हें गोदी में उठाता, उनके साथ खेलता, उनके पेट में गुदगुदी करता। जहाँ बच्चों के माता-पिता ख़ुश होते, मैं और सचेत होती। मेरा ध्यान उस पर शक जैसा ही लगने लगा था। मुझे डर लगता था कि वह किसी बच्चे को ऐसे छू देगा, जैसे मुझे छूता है।

फिर एक दिन यूँ हुआ कि मैं किसी काम से कॉलेज पहुँची। उसके केबिन। केबिन बंद था। आस-पास और कोई नहीं था। मैंने कान लगाकर सुनने की कोशिश की। बहुत धीमी आवाज़ में वह किसी लड़की से बात कर रहा था। मेरा मन तमाम आशंकाओं से काँप उठा। मैंने केबिन का हैंडल घुमाया। लॉक नहीं था। दबे पाँव अंदर क़दम रखा। स्कूल यूनिफ़ॉर्म में एक 11-12 साल की बच्ची थी। बच्ची की स्कर्ट ऊपर थी। बच्ची दोनों तरफ़ से स्कर्ट उठाकर पकड़े हुई थी। मुझे देखते ही ज्योति का चेहरा बिलकुल सफ़ेद पड़ गया था। दो ही सेकंड के लिए। फिर वह संभल गया और उसने कहा, "देखो बेटा, आंटी आई हैं। उन्हें दिखाओ पेट कहाँ दुख रहा है।"

मैंने देखा कि बच्ची का अंडरवियर भी नीचे खिसका हुआ है।

मेरी तरफ़ वह बच्ची इतने विश्वास से मुड़ी कि मेरा मन भर आया। मैंने उसे बाँहों में भर लिया। जितना संयत मैं रह सकती थी, रहकर मैं उसे बाहर ले आई।

मैंने लड़की के माता-पिता से संपर्क किया। बच्ची को साइकोलॉजिस्ट को दिखाया गया। स्कूल के मैनेजमेंट बोर्ड को बताया गया। मैंने उस पर केस कर दिया। केस चला। लड़की को एनोनिमस रखकर, फिर मैंने डिवोर्स ले लिया। उसकी नौकरी चली गई, पर उसका जुर्म साबित नहीं हुआ। उसे कोई बड़ी सज़ा नहीं हुई। जहाँ तक मेरा सवाल था, मैं फिर कभी शादी या प्यार नहीं कर सकी। सच तो यह है कि मैं अब भी डरी ही रहती हूँ। मैं कोई आत्मीय संबंध नहीं बना सकती। मुझे घृणा है इस पूरी प्रजाति से। मेरे थेरेपिस्ट कहते हैं कि मैं ख़ुद से प्यार नहीं करती।

सच है...

मुझे उस बच्ची का चेहरा आत्मजा-सा लगने लगा है अब। मैं जानती हूँ कि चाहूँ या न चाहूँ, यह लड़ाई मुझे लड़नी ही होगी। फिर से। आत्मजा के लिए, मेरे लिए भी।

"दीदी?" सविता दरवाज़ा पीट रही है। "बताओ न क्या करना है?"

मैंने ख़ुद को संभाला।

"डायरी देखी मैंने। कल पुलिस को दे देंगे। मैं चलूंगी तेरे साथ।"

जवाज़

सविता किचन में ही सोने चली गई। मेरी आँखों से नींद गुम है। पीपल के पेड़ के पत्तों की आवाज़ तो है, मगर अब उससे भी नींद में ख़लल ही पड़ रही है। मेरी खिड़की के पर्दे पर एक घुँघरू बंधा था। हवा में पर्दे के हिलने के साथ जब उसकी घंटी बजती, तो जाने कौन-सा सुकून भरा संगीत मन में गूंजने लगता।

घुँघरू मुझे हमेशा से ही पसंद हैं। घुँघरू, जो कपड़े की पतली डोर पर टांके होते थे, वह लाल पट्टे पर जड़े हुए-से ज़्यादा अच्छे लगते थे। हम बच्चे कथक सीखने जाते, तो घुंघरू को प्रणाम करते और फिर ठीक से पाँव पर बाँधते। न ज़्यादा कस के, न ढीला। इतना कि ख़ून भी न रुके और आवाज़ भी सही आए। कभी ज़ोर से गोल घूमते हुए एक अकेला घुँघरू छिटककर गिर जाता। हम उसे उठा लाते। पेन्सिल बॉक्स में रखते। अपनी ओढ़नी से बाँध देते। हाथ में लेकर भागते फिरते। जब कहीं रखने की बारी आती, तो पर्दे के नीचे टांक आते। उस पर्दे के, जिसे हवा लगती हो और घुँघरू अपना संगीत साध लेता। पर जब घंटी ही कहीं टूटकर खो जाए घुँघरू चुप हो जाता है। घुँघरू का गूँगा होना खलता है इसलिए कि घुँघरू में अब भी गीत तो बसता है, पर वह ख़ुद को गा नहीं सकता। गीत का क़ैद होना बहुत दुखी करता है।

इन दिनों की आपाधापी के बीच काफ़ी कुछ देख लिया। नेटफ़्लिक्स, प्राइम, ख़बरें, बीमार, बहुत बेबसी, बहुत लाचारी, बहुत दुख। एहसास हुआ कि नया कुछ नहीं है। यह नफ़रत, यह ख़ुदगर्ज़ी, यह रोना, लोगों का यूँ गुज़र जाना, हताश होना। यही सच है। यही कब से दुहरा रहा

है अपने-आप को। हर जगह, अलग-अलग जगह। हम कोई एक अच्छा फ़्रेम सुख का बना भी लें पूरी कहानी दुख की ही होती है और हमेशा से ऐसा ही है। चाहे वह देश की बात हो, मज़हब की, मोहब्बत की या बीमारी की।

यह कैसी अजीब-सी आश्वस्ति थी कि मेरे साथ, मेरी दुनिया में, मेरे अपनों के साथ सब अच्छा होगा। यह मुमकिन ही नहीं था। यह मानव प्रजाति के लिए मुमकिन नहीं है। कभी भी। हम कुत्ते, बिल्ली, बाघ, बंदर कुछ होते, तो शायद होता।

हमारी सबसे बड़ी दुश्मन हमारी स्मृति है। हर पुरानी बात की, याद की, अन्याय की, सुख की, रात की। विस्मृति को चुनना शायद हमारी सभ्यता के लिए एक बहुत ज़रूरी सीढ़ी है। चुन पाना सबसे बड़ी चुनौती। मुझे नहीं पता कि सब कुछ याद रखकर किस तरह कोई नया सुर पकड़ेंगे। इतने क़दम पीछे चलेंगे, तो कैसे आगे बढ़ेंगे! काश कि स्कूल में नहीं, तो कम-से-कम माता-पिता विस्मृति का पाठ पढ़ाते कि एहसास बना भी रहे और बाक़ी बचा रहा हिसाब भूल भी जाएँ।

मुझे नहीं पता घुँघरू की घंटी कहाँ गई? मुझे नहीं पता संगीत कहाँ है? सब बेसुरा है।

रात आँखों ही आँखों में गुज़र गई। सुबह उठकर पुलिस वाली दोस्त को फ़ोन किया। संक्षेप में बताया डायरी के बारे में। सुबह ही रैपिड ऐन्टीजन टेस्ट भी नेगेटिव आ गया। सविता ने झट काम निपटाया और मेरे साथ पुलिस स्टेशन चलने को तैयार हो गई।

"दीदी, डायरी से क्या पता चला? कोई ग़लत बात लिखी है? राकेश भैया के बारे में? किसी को जेल तो नहीं होगी न?"

सविता परेशान थी। मैं भी। कहानी अब भी उलझी ही थी। सच तो आत्मजा ही बता सकती थी और अब वह होश में भी थी।

मेरी पुलिसवाली दोस्त पहले ही स्टेशन पहुंच चुकी थी। इंस्पेक्टर को पूरी बात बताकर भूमिका भी बना चुकी थी। पुलिस फ़िलहाल डायरी को सार्वजनिक नहीं करना चाहती थी। मैंने आगे बढ़कर इंस्पेक्टर को डायरी दी।

"बैठिए।" उन्होंने मेरी तरफ़ इशारा किया। मैंने सविता को भी बैठने को कहा।

"इस लड़की की मानसिक अवस्था ठीक नहीं। आत्महत्या से इनकार नहीं किया जा सकता। बहुत सोच-समझकर उठाया गया क़दम है। इसकी तैयारी कम-से-कम महीने भर से तो थी ही। हमें जो डायरी मिली है, वह भी ऐसा ही कुछ संकेत देती है। गूगल सर्च में बहुत बार लड़की ने सुसाइड और उसके तरीक़े सर्च किए हैं। लगभग हर रोज़। हाँ, हो सकता है कि किसी ने उकसाया हो या ऐसी कोई बात बनी हो कि लड़की ने ऐसा क़दम उठाया। हमारा शक लड़के पर था, पर लड़का तो सड़क-छाप रोमियो निकला।"

"लड़की के बाप का कैरेक्टर ठीक नहीं है। वह एंगल अभी पूरा देखा नहीं है। हमें जो डायरी मिली, उससे इतना तो पता चलता है कि बाप का पड़ोसन के साथ कोई चक्कर था और यह भी कि इस बात का लड़की को पता भी था, पर यह बात कुछ भी साबित नहीं करती। फिर वह खुद स्टेटमेंट दे चुकी है कि उसने पढ़ाई की टेंशन में ऐसा क़दम उठाया।"

इंस्पेक्टर तब से मेरी दी गई डायरी को उलट-पुलट ही रहे थे कि अचानक रुक गए।

"ये डूडल्स बहुत डिस्टर्बिंग हैं। तुम्हें डायरी कहाँ से मिली?" सवाल सविता से पूछा है।

"जी, किचन से। आटे और चावल के पीछे छिपाकर रखी थी।"

"हम्म! और कोई आता था घर में? कोई भी?"

"नहीं साब!"

(कांस्टेबल से) "फ़ोन करके पूछ्छो, लड़की का डिस्चार्ज हो गया?"

कांस्टेबल: "पूछ्छा साब, होने को ही है।"

"उन्हें रुकने के लिए कहो।"

(सविता से) "तुम ही लड़की के घर काम करती हो न?"

सविता: जी साब।

इंस्पेक्टर: तो राकेश बाबू और उनकी पड़ोसन के बारे में तुम क्या जानती हो?

सविता: वे बहुत अच्छे दोस्त हैं।

इंस्पेक्टर: शारीरिक संबंध?

सविता: मुझे नहीं पता।

इंस्पेक्टर: तुम्हें क्या लगता है?

सविता: मुझे नहीं पता, पर राकेश भैया काफ़ी समय आहना भाभी के साथ बिताते हैं।

इंस्पेक्टर: अपनी बीवी के साथ क्यों नहीं?

सविता: जी?

सविता ने बताया था कि सीमा और राकेश का प्रेम विवाह हुआ था। सीमा उन दिनों बेहद सुंदर हुआ करती थी। दोनों के परिवारों को कभी रिश्ता पसंद नहीं आया। फिर जब सीमा गर्भवती हुई, तो ससुराल में सब

लड़के का इंतज़ार करने लगे। लड़का नहीं हुआ। लड़की हुई, जिसे बहुत प्यार से सीमा-राकेश ने 'आत्मजा' नाम दिया। जो थोड़ी उम्मीद पोते के आने से रिश्ते के सुलझने की होती, वह आत्मजा के होने से जाती रही।

सास से अनबन के बीच शायद सीमा-राकेश का आपस का रिश्ता भी कुछ खिंचने लगा। राकेश ने तसल्ली दी कि अगली बार लड़का होगा। फिर कई साल वह माँ नहीं बन सकी। जब देर-सबेर बेटा हुआ और लगा सब ठीक होगा, तो वह एक साल का होने से पहले ही गुज़र गया। उसके छ: महीने बाद सीमा की सास भी।

इंस्पेक्टर: बाप-बेटी के बीच कैसे संबंध थे?

सविता: जैसे बाप-बेटी के बीच होते हैं। हाँ, पहले राकेश भैया बेबी को बहुत लाड़ करते थे। आहना भाभी को भी बहुत प्यारी थी बेबी, पर पिछले कुछ महीने से वे एक-दूसरे से ठीक से बात नहीं करते।

इंस्पेक्टर: तुम सब सच कह रही हो?

सविता: जी साब।

इंस्पेक्टर: इस वाक़्ये के बारे में तुम्हारा क्या ख़याल है?

इंस्पेक्टर ने आत्मजा की दूसरी डायरी सामने की। तारीख़ पिछले दिसंबर की है।

मैं पलाश से मिलने जा रही थी। घर के पिछवाड़े से ही। मुझे एक बुक ज़ीरोक्स करवानी थी। पिछवाड़े वाला दरवाज़ा खुला था, बस जालीवाला दरवाज़ा बंद था। मैंने देखा, पापा और आहना आंटी साथ ही सोफ़े पर बैठे थे। बिलकुल पास। पापा तो 'ऑफ़िस जा रहा हूँ' कहकर निकले थे। यहाँ क्यों आ गए? मैं नहीं लिखना चाहती आगे मैंने क्या देखा। मैं उल्टे पाँव भागी मम्मी के पास। मम्मी सुबह से ही पेग बनाकर बैठी थी। मैंने

कोशिश की कि बताऊँ, मैं आहना आंटी के वहाँ से आ रही हूँ और मैंने क्या देखा।

"जस्ट इगनोर देम। यू गो स्टडी। एंड यस, डोन्ट ब्रीद ए वर्ड अबाउट दिस।"

मैं कमरे के बाहर भागी। सविता मौसी से टकराई। मौसी ने मुझे बाँहों में भर लिया। रोने दिया। मम्मी से तो लाख बेहतर हैं मौसी। उन्होंने तो अगले ही दिन अपने पति को बाहर कर दिया था। कोई क्यों ऐसी बात सहन करेगा? वेयर इज़ हर सेल्फ़-एस्टीम? और मुझे लगा था कि उन्हें पता ही नहीं होगा। वह किस तरह हर समय यह झूठ जी सकती हैं? और आहना आंटी, मैंने कितना चाहा था उन्हें। पापा ने एक बार भी हमारे बारे में नहीं सोचा।

सविता सकपकाई, "जी!!"

इंस्पेक्टर: तो तुम इस संबंध से बख़ूबी वाक़िफ़ थी?

सविता कुछ नहीं बोली।

इंस्पेक्टर: क्या बाप ने बेटी के साथ कोई दुष्कर्म किया कभी?

सविता: नहीं साब। राकेश भैया ऐसे नहीं हैं।

इंस्पेक्टर: ऐसे नहीं हैं, पर इश्क़ का शौक़ ज़रूर पालते हैं। तुम किसी को बचाने की कोशिश मत करो।

सविता: नहीं साब, मुझे यक़ीन है राकेश भैया ऐसा नहीं कर सकते।

सविता का विश्वास बड़ी बात थी, पर यह भी सच था कि उसने यह रिश्ता छिपाया था। पुलिस के सामने ही नहीं बल्कि मेरे भी सामने।

इंस्पेक्टर (कांस्टेबल से): गाड़ी निकालो, अस्पताल जाना है।

(मुझसे और सविता से): आप लोग जाइए। जब ज़रूरत होगी, बुलाया जाएगा। और हाँ, किसी से कुछ ज़िक्र करने की ज़रूरत नहीं है।

मैं उठी। सविता भी। बाहर निकलकर मैंने सविता से पूछा, "राकेश और आहना के बारे में तुमने मुझे भी नहीं बताया।"

"क्या बताती दीदी? सब कुछ सही या ग़लत नहीं होता। मेरा आदमी चला गया। बच्चों को अकेले सँभाल रही हूँ तब से। एक घर बिखर गया पूरा। पता नहीं किसको क्या मिला। बस इल्ज़ाम लगाना आसान था। बाक़ी सब मुश्किल है। सीमा भाभी के लिए बेटे को खो देने का दुख हर ख़ुशी से बड़ा था। राकेश भैया को उनकी वही पुरानी सीमा चाहिए थी। ज़रूरत और भूख बहुत कुछ करवा लेते हैं।"

सविता कितना समझकर कह रही थी यह तो वह ही जाने, पर जो कह रही थी बड़ी बात थी। जीवन में हर रिश्ते का आधार प्यार, मोहब्बत, काम-वासना नहीं होता। कुछ का आधार भूख होता है और कुछ का करुणा।

'रोमन चैरिटी' याद आ गई। पीटर पॉल रियूबेन्स की मशहूर पेंटिंग। साइमन एंड पीरो। कहानी यह थी कि पीरो के पिता साइमन बंधक थे और उन्हें भूखा-प्यासा रखा जा रहा था। पीरो जब कोठरी में पिता से मिलने जाती है, तो उससे रहा नहीं जाता और वह अपने पिता को अपनी छाती से दूध पिलाती है। पेंटिंग बेहद सुंदर है। इसे दया और उदारता का प्रतिमान माना जाता है। करुणा ही इसके मूल में है। इसे किसी और रंग में नहीं रंगा जा सकता।

वहीं कल ही मैं पढ़ रही थी TIME में, एक चीनी माँ को 32 साल बाद अपना बच्चा मिल गया। 32 साल तक वह अपना बच्चा ढूंढ़ती रही। इन 32 वर्षों में वह शहर-शहर, गाँव-गाँव भटकी और कभी हार नहीं मानी। सोचो वह ढूंढ़ते-ढूंढ़ते पगला भी सकती थी। वह इतने दिनों और वर्षों से अपना छोटा-सा बच्चा हर तस्वीर में ढूंढ़ती रही।

हमारे जीवन के रिश्ते, उनकी बुनियाद, उनका हासिल इस पर निर्भर है कि हम जीवन को किन रंगों में देखते हैं। कितना देख पाते हैं। कितना हमसे छिपा रहता है। हमारी कमज़ोरी, हमारी उदासी और हमारी ज़िद। हम कितना जीत पाते हैं और कितना जीवन से मात खाते जाते हैं।

"सविता मौसी, सविता मौसी!"

आवाज़ पलाश की है। वह बाइक पर है। "राकेश अंकल को पुलिस ने हिरासत में ले लिया है।"

एम्पैथी

पलाश हमारे बिलकुल बग़ल में आकर रुका। उसने सविता का चेहरा टटोला।

"ऐसा क्या बताया मौसी ने कि पुलिस ने राकेश अंकल को ही हिरासत में ले लिया?"

सविता झेंपी। "नहीं बेटा, मैंने ऐसा कुछ नहीं कहा।"

"मुझे पता है कि राकेश अंकल को माँ के साथ जोड़ रहे हैं सब। दोनों बहुत अच्छे दोस्त हैं। शायद यह भी अच्छा होता कि वास्तव में वे दोनों जीवनसाथी होते। सीमा आंटी को देखा है? जाने कौन-सा मातम मना रही हैं कब से। वह घर में बोझ की तरह बनी रहती हैं। न अपना ख़याल रखती हैं, न घर में किसी का। ऐसा कौन-सा दुख है उनके जीवन में। दुनिया की सबसे प्यारी बेटी की माँ हैं। मजाल है, जो उसे मन से लाड़ ही किया हो। अपना प्यार दिया हो। और यह कोई आजकल की बात नहीं है। कितने साल हो गए।"

"बिट्टू, आत्मजा का भाई गुज़रा, तो जैसे आत्मजा ही उसके मरने की ज़िम्मेदार थी। और आत्मजा का होना ही उनकी खुशियों पर मानो ग्रहण लगा रहा था। उस लड़की ने कितने मेडल जीते, हर कॉम्पीटिशन में अव्वल आई, हर तरह से कोशिश करती रही कि कभी तो अपनी माँ के प्यार की हक़दार बन सके, पर उसे किसी ने सहेजा नहीं। किसी ने नहीं सोचा कि हर जगह कामयाब होती लड़की के जुनून के पीछे कौन-सी हीनभावना है। वह किसके सामने ख़ुद को यूँ साबित करना चाहती

है। गिरफ़्तार तो सीमा आंटी को करना चाहिए। क्या किसी बच्ची का आत्मविश्वास तोड़ना और उसे यूँ अकेले करना जुर्म नहीं है?"

पलाश गुस्से में था। थका भी। दुखी भी।

"पापा को मालूम है, माँ और अंकल दोस्त हैं। बेहद अच्छे दोस्त। क्या बुराई है इसमें? सच तो यह है कि दोनों के बीच कोई चक्कर भी होता, तो भी कोई बुराई नहीं होती। कौन-से ज़माने में जी रहे हैं हम। सालों साल तक मजबूरी में एक ही इंसान को झेलना यह पुराने ज़माने की मान्यता हो सकती है, आज की नहीं। और अगर आत्मजा के मामले में शक अंकल पर है, तो पुलिस इससे बड़ी बेवकूफ़ी नहीं कर सकती। मैं मानता हूँ कि राकेश अंकल कभी आत्मजा को समझ नहीं पाए। कभी उसके सुख-दुख के भागीदार नहीं बने। उन्होंने भी उसे बहुत अकेला कर दिया। कभी उसका विश्वास नहीं जीत पाए। मैं नहीं कहता कि अंकल दुनिया के सबसे अच्छे पिता हैं, पर वह आत्मजा को नुक़सान नहीं पहुँचा सकते। वह उस तरह के हैं ही नहीं।"

"मुझे चिंता नहीं है कि अंकल का क्या होगा। आत्मजा सच बोलकर बचा लेगी। मुझे चिंता यह है कि पुलिस को क्यों लगा कि अंकल ने कुछ किया होगा। ऐसी कौन-सी जानकारी उनके हाथ लगी है? क्या आत्मजा के साथ किसी ने कुछ किया? इस बात को हल्के में नहीं ले सकते। मैं इसकी पड़ताल करूँगा। तह तक जाऊँगा। यह तो क़िस्मत थी कि इस बार वह बच गई।"

पलाश आवेश में है, पर ग़लत कुछ भी नहीं बोला। जितना मैं जानती हूँ, मुझे भी नहीं लगता कि राकेश ज़िम्मेदार होगा। मगर मैं मानती हूँ कि हमारे जानने और सच में कई बार फ़र्क़ होता है। वह बाइक लेकर निकल गया है। मैं और सविता अस्पताल जा रहे हैं। सविता सीमा से मिलना चाहती है, मैं आत्मजा से।

पलाश सही कह रहा था, ज़माना बदल गया है या बदल जाना चाहिए। जब दो लोग एक-दूसरे को नहीं पसंद करते, तो स्वाभाविक तौर से अलग

होने की सुविधा होनी चाहिए। इस कोरोना के समय ने ख़ासकर हर किसी के संयम की परीक्षा ली है। कल की ही ख़बर देख लो। एक आदमी ने इसलिए ख़ुदकुशी करने की कोशिश की क्योंकि उसे बीवी का बनाया हुआ दोपहर का खाने का मेन्यू पसंद नहीं आया। कई बार ख़बर छापने वाले पूरी बात को एकदम हास्यास्पद बना देते हैं। जो भी थी बात, किसी छोटी नोक-झोंक ने ही आख़िरी कील ठोंकी थी। दो दिन पहले यह भी पढ़ा था कि एक बीवी ने इसलिए अपनी जान ले ली पति को उसके टिकटॉक विडियो से ऐतराज़ था।

ख़ैर, अजीब समय है। एक-दूसरे को, एक-दूसरे के तरीक़े और पसंद को सहन करना कठिन होता जा रहा है। घर के भीतर ही बाउंड्री के इतने झगड़े हैं। लॉकडाउन के बीच भी जिन लोगों के बीच प्यार बढ़ रहा है, सच, बहुत क़िस्मत वाले हैं। बाक़ी खींचातानी इतनी है कि सारी दरारें और खुल रही हैं।

सीमा अकेले कमरे में है। शायद आत्मजा को कमरे से कहीं ले गए हैं। उसका सारा सामान वहीं पड़ा है। सीमा ने हम दोनों को देखा। मुस्कुराने जैसी कुछ हल्की-सी ऐंठन होंठों पर आई। सविता ही पास जाकर खड़ी हुई।

"राकेश भैया…" सविता ने जान-बूझकर सवाल अधूरा छोड़ा है।

सीमा ने सविता से नज़र मिलाई। कहा कुछ नहीं।

मैंने सीमा के चेहरे को देखा। नींद काफ़ी महीने से बाक़ी हो जैसे। आँखों के नीचे सूजन है। बाल कब से रंगे नहीं गए थे। ब्यूटी-पार्लर भी गए कुछ महीने हुए होंगे। वीरान आँखें, ख़ाली भाव। कोई चिंता या उदासी भी नहीं। सिर्फ़ वैराग्य। बेहद कठोर-सा चेहरा। मेरा मन एकदम से आत्मजा को देखने का हो गया।

"भाभी, बेबी कहाँ है?" सवाल सविता ने पूछा था।

"साइकियाट्रिस्ट के पास ले गए।"

यह ठीक था। आत्मजा को अभी सबसे ज़्यादा काउंसलिंग की ज़रूरत थी।

सीमा ने मुझसे बात करने की ज़रा भी पहल नहीं की। मैं अपने दिमाग़ में उससे पूछने-कहने के लिए अलग-अलग सवाल बनाती रही, पर पूछा कुछ नहीं।

कमरे के बाहर से व्हीलचेयर की आवाज़ आ रही है। नर्स है। व्हीलचेयर पर आत्मजा।

मैं उसका चेहरा भूल ही गई थी। गोरा, आत्मविश्वास से भरा हुआ, थका हुआ, उदास, पर लाचार नहीं। चेहरे पर इन सबके बावजूद भी तेज। गर्दन पर हल्का नीला निशान अब भी था। आँखों के नीचे डार्क सर्कल। उसने मुझे देखा। मेरा होना दर्ज किया। हल्का-सा मुस्कुराई। फिर सविता की ओर और फिर सीमा की तरफ़। सीमा अपनी कुर्सी छोड़कर उठी नहीं। आत्मजा ही सीमा को देखती रही एकटक। फिर गहरी साँस लेकर वही बोली, "पापा का कोई क़सूर नहीं। मुझसे ही ग़लती हुई। सॉरी मम्मा।"

सीमा कुछ नहीं बोली। मुझसे ही रहा नहीं गया। मैं आत्मजा के नज़दीक पहुंची। व्हीलचेयर से बिस्तर पर उतारने में नर्स की मदद की। बहाना ही था उसे छूने का। उसके दोनों कंधे अपनी हथेलियों में कसे। वह मेरे स्पर्श के नीचे ढीली पड़ती चली गई। मैंने थामे रखा बहुत प्यार से, जैसे अपना ही कोई दुखता हिस्सा थामा हो। उसने दूर होने की कोशिश नहीं की। जैसे इस आत्मजा से मैं परिचित थी। जैसे हमारी पहचान बहुत पुरानी थी।

सुख हम सबको अलग-अलग तरह से बनाता-बिगाड़ता है, जबकि दुख सबको एक ही तरह से घिसता है। दुख में सबके चेहरे एक-से हो जाते हैं। एक का रुदन दूसरे से अलग करना मुश्किल होता है। करुणा ही सबको साथ बाँधती है। एक तरह का बहनापा।

कमरे में पलाश दाख़िल हुआ। आत्मजा को देखकर उसका चेहरा नरम पड़ा।

"राकेश अंकल से पूछताछ कर रही है पुलिस। मैंने वकील से बात कर ली है। पुलिस परेशान नहीं करेगी। फिर तुम भी तो दोगी अपना बयान। सब ठीक होगा।"

मैं आत्मजा को छोड़ पीछे हटी। पलाश ही स्टूल खिसकाकर आगे बैठ गया है, "शेट्टी की दुकान से तेरी पसंद का इडली-सांबर लाया हूँ। थर्मस में तुझे जैसी पसंद है, वैसी कॉफ़ी है।"

उसने नाश्ते की पोटली खोल दी। कमरे में सांबर और हींग की ख़ुशबू फैल गई है। पलाश ने आत्मजा की गोदी पर टावेल बिछाया। फिर इडली का एक टुकड़ा तोड़कर सांबर में भिगोकर उसके मुँह में। इतने दिनों में पहली बार मैंने कोई सुकून भरी तस्वीर देखी। इतना छोटा-सा एक दृश्य मुझे जाने किस तरह भाव-विभोर कर रहा था। मैंने सीमा की तरफ़ देखा। वह अब भी जड़ ही थी। शायद वह दवाओं पर होगी। नहीं तो कोई इतना कठोर कैसे हो सकता है।

वैसे यह समय जिसमें हम हैं, हर लिहाज़ से अजीब है। संवेदना जताना फ़ैशन की तरह लगने लगा है। हम परायों को तो पराया ही समझते हैं। अपनों से भी हमारा अपनापन संदेह भरा है। सच तो यह है कि एक अजीब तरह की संवेदनशून्यता ने हमें घेर लिया है।

...लगभग हर जगह से हर रोज़ हम ख़बरें सुनते हैं कि इतने लोग मर गए। कितने लोग मर गए। कितने बलात्कार हुए। कितने लिंच हो गए। युद्ध में। सीमा पर। हमें कोई आश्चर्य नहीं होता कि लोग बूढ़े होकर नहीं, इस महामारी से मर रहे हैं। इंसानों के इजाद किए हिंसक और लापरवाह तौर-तरीक़े, मानसिकता और सोच की वजह से मर रहे हैं। यह स्वीकृति नहीं है। यह शांति नहीं है। यह अहिन्सा नहीं है। यह एक तरह की विकृत

अवस्था है, जहाँ हम पर अजीब-सी बेहोशी छाई है। हम सब बीमार हैं। हम सब मर रहे हैं।

सीरियन मूल की अमेरिकन कवयित्री अमल कास्सिर कहती हैं,

"Sometimes it is necessary to break our own hearts. It is the closest we can be to those who are living under broken skies."

"कभी-कभार यह ज़रूरी है कि हम अपना हृदय स्वयं ही तोड़ दें। मुमकिन है कि ऐसा करना हमें उन लोगों को क़रीब से महसूस होने का मौक़ा दे, जो टूटे आकाश के नीचे बसते हैं।"

हर किसी की मृत्यु निश्चित है। किन्तु एक पूरी पीढ़ी जब साथ मरने लगती है, तो ज़मीन बंजर हो जाती है। बांझ। जीवन की संभावना लुप्त। तब ज़रूरी है कि किसी भी तरह उन ज़िंदा लोगों को बचाया जाए, जो इस साझा मूर्च्छा में शामिल नहीं हैं, जिनमें जीवन अब भी ज़िंदा सांस ले रहा है। हमें सोचना होगा, कैसे बचेगा जीवन वहाँ, जहाँ बीज का भी गला घोंट दिया जाए?

"अरे, ये पोटलियाँ लौटा दीं पुलिस ने?" पलाश अचानक चहका और मेरी सोच बीच में ही टूट गई है।

उसका इशारा रेशमी पोटलियों की तरफ़ है, जो उसने आत्मजा को सौगात में दी थी। आत्मजा मुस्कुराई। पलाश ने क्लाइडोस्कोप उठाया। मेरी तरफ़ किया।

"मैंने खुद बनाया है। इसके एक छोर से देखो, ढक्कन खुल सकता है। आत्मजा को जो बात नहीं पसंद, वह इस सिरे से डाल सकती है। बस वह बात भी सुंदर हो जाएगी।"

उसका भोलापन बहुत प्यारा है। मैंने क्लाइडोस्कोप उससे लिया। उसके भीतर झांका। कांच की चूड़ी के रंग-बिरंगे टुकड़े बहुत सुंदर पैटर्न बना रहे हैं। अंदर एक छोटा-सा काग़ज़ का टुकड़ा भी है। जिस पर कुछ लिखा है, पर स्पष्ट नहीं है। पलाश बहुत ध्यान से मेरा चेहरा देख रहा है। उसने टॉवेल से आत्मजा का मुँह पोंछा। कॉफ़ी पकड़ाई और खुद क्लाइडोस्कोप देखने लगा। वह किसी को फ़ोन करने के बहाने बाहर आ गया। मुझे भी घर जाना है। बहुत थकान महसूस होने लगी है। मैं सविता के साथ बाहर निकली ही थी और पलाश मिल गया।

"ज्योति नाम के आत्मजा के किसी दोस्त को जानती हो?" सवाल सविता से किया था।

"यह नाम क्लाइडोस्कोप से मिला।"

सुराग़

"मैं तो बेबी के किसी दोस्त का नाम नहीं जानती। बेबी के दोस्त हैं ही कितने? ज्योति जैसा नाम कभी सुनने में नहीं आया। मुझे नहीं पता ऐसा कोई कभी घर आया हो।" सविता पलाश को जवाब दे रही है।

मेरे कान भी बिलकुल खड़े हैं। मैं भी सुनना चाहती हूँ कि आत्मजा की कोई दोस्त है, जिसका नाम ज्योति है, पर इस चाहने के बीच भी तमाम आशंकाओं से मेरा मन घिरा जा रहा है।

"मैं स्कूल जा रहा हूँ। उसकी टीचर को ही पूछूँगा। कोई बात तो समझ आए।" पलाश ऐसा कहकर बाइक पर पैर मार रहा है।

"मैं भी चलूँ?"

मेरा सवाल सुनकर सविता ज़्यादा हैरान है।

"अरे नहीं। आप क्यों परेशान होंगी। कुछ ऐसी बात होगी, तो मैं बताऊँगा आकर। आप वैसे भी बहुत थकी लग रही हैं।"

पलाश सच कह रहा था। मैं बहुत ज़्यादा थकान महसूस कर रही थी, जबकि कोरोना के पहले आराम से आठ-दस किलोमीटर चल लेती थी। जाने इस रोग ने कौन-कौन से भीतर के हिस्से ख़राब कर दिए हैं। न स्वाद ठीक है, न ही स्फूर्ति। मन भी ख़राब है और शरीर ऐसा टूट रहा है कि आराम करना ही पड़ेगा।

"देखो पलाश, जल्दबाज़ी नहीं करना। यह ज़रूरी है कि हम बात की तह तक पहुँचें। जब तक हमें यह नहीं पता कि आत्मजा ने ऐसा क़दम क्यों

उठाया, तब तक उसके आगे के मानसिक संतुलन को बनाना भी कठिन होगा। तुम्हें कुछ पता चले, तो हम साथ चलकर पुलिस को बताएँगे।"

पलाश ने मेरी तरफ़ देखा। उसके लिए आत्मजा में मेरी दिलचस्पी खुद अपने आप में एक आश्चर्यजनक बात थी, पर वह भी थका था। इन बीते दिनों उसकी पूरी दुनिया बदल चुकी थी। पुलिस को अलग-अलग रूप में झेलकर वह काफ़ी परेशान हो चुका था।

"मैं शाम को मिलता हूँ आपसे?"

काश, यह नाम नहीं मिला होता। ज्योति। मेरे दिमाग़ में लगातार कौंध रहा था, ज्योति, ज्योति, ज्योति प्रोसाद रॉय। वैसे अगर वह इसी शहर में होता, तो मुझे पता चलना चाहिए था। पर पिछले दो-तीन वर्षों से उसमें मेरी दिलचस्पी पूरी तरह ख़त्म हो चुकी थी। मैं शायद अभी सचमुच बहुत थकी हूँ, जो ऐसे बेतुके कनेक्शन बना रही हूँ।

ऐसा कहते हैं कि कोरोना जितने लोगों को हुआ है उनमें से आधे लोग किसी-न-किसी तरह से मानसिक स्तर पर प्रभावित हुए हैं। हम किसी का घाव देखते हैं और हमें अपने सारे दर्द याद आ जाते हैं। वो कहते हैं न, "हर किसी को अपनी ही किसी बात पर रोना आया।" चलो अच्छा है, पलाश शाम को आएगा। आत्मजा की कोई सहेली से कोई अनबन की कहानी मिल जाए, तो मुझे भी चैन आए।

पलाश स्कूल के लिए निकल गया। सविता को भी काम के लिए जाना है। मेरी पुलिसवाली दोस्त तब ही एकदम नज़दीक आकर खड़ी हो गई है।

"अरे वासन्ती, तुझे देखकर तो ऐसा लगता है, रास्ते में ही बेहोश हो जाएगी। चेहरा कैसा फीका पड़ गया है। चल मैं छोड़ देती हूँ घर।"

उसकी जीप में मैं आगे बग़ल की सीट पर बैठी हूँ। पुलिस, कोरोना, शहर, जाने सब कितना अजीब-सा माहौल हो चुका है।

"बाप पर शक तो जाना ही था।" वही बोल रही है।

"ऐसा क्यों लगा पुलिस को?" मैंने पूछा।

"उसकी डायरी। बहुत सारी डिटेल्स हैं। एक वयस्क के साथ के इंटरएक्शन के, बहुत इंटिमेट सेटिंग में और इतनी डिप्रेसिंग कविताएँ। मैंने तो पूरे जीवन में इतना दुख भरा लिट्रेचर नहीं पढ़ा।"

"ऐसा क्या लिखा मिल गया, जो बाप पर शक जाए?" मैंने फिर पूछा।

"बहुत कुछ है वासन्ती। मुझे तो सब याद भी नहीं, पर एक-दो डायरी एन्ट्री बिलकुल वैसी ही याद रह गईं। एक जगह उसने लिखा है..."

वह इतना पास आ गए कि उनकी साँसें मेरे गाल पर महसूस होने लगीं। मुझे बहुत डर लगा। इस तरह उनका नज़दीक आना बहुत अजीब था, पर मैं दूर नहीं हुई। जैसे किसी अधिकार से उन्होंने मुझे बाँध रखा हो। जैसे ऐसे करना उनका हक़ हो, जैसे इसमें कुछ ग़लत नहीं हो और फिर भी हर बार उनकी साँस की गर्मी मेरे गालों पर मैं महसूस करती और बहुत डर जाती। मुझे खुद नहीं मालूम, मैं दूर क्यों नहीं हुई। मैंने मना क्यों नहीं किया। चिल्लाई नहीं।

"बाप पर इसलिए शक जाता है क्योंकि लड़की हमेशा बहुत इज़्ज़त से उनका नाम लेती है। हर जगह बेहद कन्फ्यूज़्ड। वह कभी अपनी भावना ठीक-ठीक तय नहीं कर पाती। उसकी उलझन बहुत साफ़ झलकती है, पर वह मदद के लिए किसी से गुहार नहीं लगाती। न ही अपनी दिनचर्या ही प्रभावित होने देती है। तुम जानती हो ना वासन्ती कि ऐसा सिर्फ़ वहाँ घटता है, जहाँ विश्वास होता है।"

"देखो, अब भी उसने यही स्टेटमेंट दिया है कि बाप निर्दोष है, पर गायनेकोलॉजिकल चेकअप में शारीरिक संबंध का प्रमाण मौजूद है। अब यह उसने मर्ज़ी से बनाए या किसी ने ज़बरदस्ती करके ऐसा किया, यह देखना बाक़ी है। जो भी है, पड़ताल पूरी करनी पड़ेगी।"

मेरा चेहरा शायद और फीका पड़ा है। उसका ध्यान मुझ पर गया। "सुनो, तुम इन बातों को छोड़ो। तुम्हें आराम की ज़रूरत है। कल अस्पताल चलूँगी तुम्हारे साथ। तसल्ली कर लेंगे कि सब ठीक है। फिर तुम्हें ऑफ़िस भी तो सँभालना है वापस कि भूल गई सब जंजाल?"

घर आ गया है। सविता आएगी, तो कुछ बनाएगी। जूस पड़ा है। वही पीती हूँ।

पता ही नहीं चला, कब आँख लग गई। और अब खुली है, तो चार बजने को आए। सविता जाने कब आकर चली गई। टेबल पर खाना रखा है, पर भूख नहीं है। जाने कैसे अजीब-से सपने आते रहे। ऐसा लगता है, जैसे किसी रास्ते की तलाश में मैं भटक रही थी और रास्तों और पड़ावों के बीच न रास्ता याद रहा, न तलाश। जैसे किसी सपने के उगने पर जागी आँखों के सच धुँधले से पड़ जाते हैं और सपने के ही मायने दिखाई देते हैं। ऐसे बँधता है मन पुरानी यादों और अनुभवों से कि छटपटाकर सपने में ही क़ैद होकर रह जाता है।

नींद से जागना फिर भी आसान ही है। अधूरी चेतना से जागना बहुत मुश्किल। कहीं कोई चेहरा, कोई खुशबू, कोई स्वाद, कोई स्पर्श। कोई आवाज़ बहुत पहचानी-सी नज़र आती है। उसके पहचान की वजह भूल जाती है, जैसे किसी दिमाग़ी आहत इंसान से याद्दाश्त अधूरी खोई हो। पहले इन उलझे हुए तारों में उलझते हैं, फिर इन्हें सुलझाते हुए समय गुज़र जाता है। तलाश अक्सर अधूरी ही रह जाती है और किसी शाप की तरह फिर-फिर उसी सपने से गुज़र जाते हैं।

दरवाज़े की घंटी बजी है। पहले बाइक की आवाज़ थी। शायद पलाश होगा।

हाँ, पलाश ही है।

"पूरी क्लास का रजिस्टर छान मारा, यह नाम नहीं मिला। मैंने तो ज़िद करके पूरे स्कूल के बच्चों के नाम भी माँग लिए। बस एक ज्योति है पूरे स्कूल में। तीसरी कक्षा में। ज्योति नायर। हो सकता है किसी का घर का नाम हो। मैंने आठवीं से बारहवीं क्लास तक में पुछवाया भी, पर कोई नहीं मिला।"

"चाय पिओगे?"

"सविता मौसी हैं?"

"नहीं। मैं बना देती हूँ। मुझे भी पीनी है। बैठो तुम।"

मैंने बिस्कुट और नमकीन चाय के साथ परोसे।

"हम आत्मजा को ही पूछ लेते हैं।"

"वह नहीं बताएगी।"

पलाश का धैर्य जवाब दे रहा है, "मुझे पूरा यक़ीन है कि राकेश अंकल ऐसा नहीं कर सकते। मुझे यह भी लगता है कि आत्मजा के साथ कुछ बहुत बुरा हुआ है। सारे इल्ज़ाम राकेश अंकल पर लग जाएँगे। सीमा आंटी उनकी तरफ़ से गवाही नहीं देंगी। माँ क्या कह सकती हैं? वह तो ख़ुद शक के घेरे में हैं। आपको तो पता होगा, हर बात सही-ग़लत नहीं होती। हम सब किसी का साथ तलाशते हैं। एक दोस्त। सखी। माँ में राकेश अंकल को वह मिली।"

"सीमा आंटी सिगरेट, दारू और फिर दवाइयों में गुम होती चली गईं। ये सब बुरा हुआ लेकिन फिर भी राकेश अंकल ने आत्मजा के साथ कुछ बुरा नहीं किया हो सकता। मुझे पूरा यक़ीन है। हाँ, उनके पालन-पोषण में हज़ारों कमियाँ होंगी। और हो न हो, उनके व्यवहार की ही वजह से आत्मजा किसी और में बाप-सा प्यार ढूंढ़ने लगी हो। कुछ भी हो, अंकल उसके साथ ऐसा नहीं कर सकते।"

"हम आत्मजा के पास चलते हैं। मुझे यक़ीन है वह मुझसे खुलेगी। मैंने जीवन में बहुत देखा-सहा है।" मैंने आग्रह किया।

पलाश जाने क्या सोच रहा है।

"बाइक पर बैठ जाओगे?"

"हाँ, क्यों नहीं?"

बाइक पर मैं बहुत समय बाद बैठी हूँ। शादी के तुरंत बाद कार ले ली थी, पर शादी के पहले नई-नई स्कूटी थी। ज्योति ने कहा था वह सिखा देगा। मैं स्कूटी पर बैठी और वह पीछे। कुछ ज़्यादा ही सटकर। तब तो शादी भी पक्की नहीं हुई थी। उसने पीछे से पूरा घेर लिया था। मुझे बहुत ग़लत तरीक़े से छू रहा था। बिना मतलब अपना पूरा शरीर मुझसे सटा लिया था। उसके पसीने की गंध और साँस मेरी त्वचा पर महसूस हो रहे थे। मैं असहज हुई थी। रुकी भी। मैंने मुड़कर देखा, तो वह इतने प्यार से मुझे देख रहा था कि मुझे लगा मेरे ही समझने में भूल हुई होगी।

"मुझे न भी पकड़ो, बाइक बराबर पकड़ना। किसी स्पीड ब्रेकर पर लुढ़ककर गिर जाओगे, तो वह केस भी पुलिस मुझ पर ठोक देगी।" पलाश कह रहा था।

मैं हँसी। उसके कंधे पर हाथ रखा। सही था कि जिस तरह मैं बैठी थी, कभी भी फिसल जाती।

बाहर महिला गार्ड बैठी है। आत्मजा कमरे में अकेली है। शायद सीमा आती ही होगी।

"और पार्टनर क्या हाल है?" पलाश ने आत्मजा के गाल खींचते हुए पूछा।

आत्मजा मुस्कुराई।

"चाय ले आऊँ? पिओगी?"

आत्मजा ने हामी भरी। अब मैं और आत्मजा अकेले थे।

"पलाश आज पूरा दिन परेशान रहा। तुम्हारे क्लाइडोस्कोप में उसे कोई पर्ची मिली थी। उसी की पड़ताल करता रहा। ज्योति लिखा था उस पर। कोई दोस्त है तुम्हारा बेटा?"

आत्मजा ने चेहरा खिड़की की तरफ़ कर लिया। बोली कुछ नहीं।

"तुम्हें पता है न, पुलिस को पापा पर शक है। ऐसे ही चुप रही, तो इल्ज़ाम उन पर लग जाएगा।"

पलाश लौट आया है। चाय के साथ। उसने महसूस किया हमारे बीच के तनाव को।

"पुलिस को यक़ीन नहीं मेरे स्टेटमेंट पर?" सवाल आत्मजा ने पलाश से किया है।

"पता नहीं, पर मुझे तुम्हारी बात पर यक़ीन है। बस एक बार बता दो तुम्हें किसने दुख पहुँचाया।"

आत्मजा का चेहरा थोड़ा कठोर हुआ है।

"मेरे साथ किसी ने कुछ नहीं किया। कितनी बार एक ही बात कहूँ। मैं परेशान थी। मैं शर्मिंदा हूँ। मुझसे ग़लती हुई, पर काश मैं नहीं बचती। काश, तुम नहीं आते।"

आत्मजा रोने लगी है। पलाश बौखला रहा है। उसे सँभालने की कोशिश कर रहा है। मैंने पलाश को धीरे से हटाया और आत्मजा का हाथ अपने हाथों में लिया। आत्मजा चुप है। मैं उसका चुप समझ सकती हूँ। इस सत्रह-अठारह साल की लड़की का असमंजस समझना मेरे लिए मुश्किल नहीं है। हमारी संवेदनाएँ, हमारे विश्वास, हमारी आस्था सब जैसे एक-दूसरे से बहुत मिलते-जुलते हैं।

मैं उसके पास ही बिस्तर पर बैठ गई। मैंने उसे अपने सीने से लगाया। बहुत प्यार से। उसके बाल सहलाए। कैसे इस बच्ची को विश्वास दिलाऊँ कि मैं उसका नुक़सान नहीं करना चाहती। विश्वास ही तो सबसे ज़्यादा डगमगा गया है इन दिनों।

"बेटा, तुम मुझे कुछ बताना न चाहो, तो उससे कोई शिकायत नहीं है लेकिन मुझे तुम्हारा चुप हो जाना खलता है। तुम्हें पता है, चुप हो जाने से जब हार का एहसास होने लगे, तब बोलना बहुत ज़रूरी होता है। जब हमारा बोलना ज़रूरी हो, तो चुप रह जाना बुज़दिल होना होता है। इस समय की ख़ामोशी कोई दार्शनिकता नहीं है। यह एक तरह की कायरता है।"

आत्मजा के शरीर का तनाव कुछ कम हुआ है। अपना सिर मेरे सीने पर टेक दिया है।

मैं जानती हूँ तुम्हारे साथ क्या हुआ है क्योंकि मेरे साथ भी यही हुआ है, पर तुम्हें अपनी बात ख़ुद कहनी होगी। आत्मजा और पलाश ने शायद मेरे इस रूप की कल्पना नहीं की थी। दोनों हैरान हैं। चुप हैं। पलाश लगातार आत्मजा का चेहरा ताक रहा है और आत्मजा की आँखों से लगातार आँसू छलक रहे हैं।

मैंने आत्मजा का चेहरा अपनी ओर घुमाया, उसका चेहरा अपने हाथों में लिया और बहुत प्यार से उससे पूछा, "आत्मजा, मुझे बताओ ज्योति प्रोसाद रॉय तुम्हें पढ़ाते हैं?"

शिनाख़्त

कई बार हम चाहते हैं कि हम चुप रहें। शब्द के मुँह पर उँगली रखकर उसे चुप कर दें। यह कोशिश उन्हें गूंगा बनाने की नहीं बल्कि थोड़ा समय और संयम देकर उन्हें विस्तार देने की होती है। छटपटाते हैं शब्द, जैसे मछली को पानी से बाहर निकालकर पोलीथिन की थैली में क़ैद कर दिया हो। शब्द को वह नहीं मालूम, जो मौन को पता है कि चुप तब ही तक रहना है, जब मौन खोल देगी थैली और शब्द बोल सकेंगे खुले समंदर में।

पलाश सन्न है। आत्मजा चुप की कगार पर। मैं देख रही हूँ कितनी बातें, यादें, साये उसे घेर रहे हैं। वह हिचक भी रही है और सहम भी। बहुत थकी-सी भी। मैंने उसे थोड़ा और कसकर थामा है और अब वह फूट-फूटकर रोने लगी है। पलाश बौखला रहा है। जाने कितने सवाल हैं उसके मन में। उसका चेहरा अब तनाव में जकड़ने लगा है। वह आत्मजा से हर बात का सच जानना चाहता है। मैंने इशारे से उसे रोका। यह समय आत्मजा से सवाल करने का नहीं है। आत्मजा सिसक-सिसककर रो रही है। मेरा मन उसके प्रति ममता में भीगता जा रहा है। मैं अब भी उसे थामे हुए हूँ।

"कोई बात नहीं बेटा। तुम डरो मत। घबराओ मत। मैं समझती हूँ सब। सब ठीक होगा। मेरा वादा है तुमसे।"

बाहर किसी की चहलक़दमी की आवाज़ है। दरवाज़े पर सीमा है। हमारी भंगिमा पर कुछ हैरान। उसकी सवालिया नज़रें मेरा निरीक्षण कर रही हैं।

"क्या हुआ आत्मजा को?" सवाल पलाश से है।

पलाश ने मेरी तरफ़ देखा और फिर आत्मजा की ओर।

"आत्मजा पूछ रही है कि उसके बयान के बावजूद पुलिस अंकल को क्यों ले गई?"

"छोड़ दिया अब। बेल हो गई है। वहीं से आ रही हूँ। उन्हें शक तो है पापा पर लेकिन उन्हें वे हिरासत में नहीं रख सकते।"

सीमा आत्मजा के निकट आकर खड़ी है। आत्मजा मेरे सीने से अलग हुई, तो मैं भी थोड़ी दूरी बनाकर खड़ी हो गई। सीमा ने आत्मजा का हाथ अपने हाथों में लिया और बहुत प्यार से कहा, "पापा को कुछ नहीं होगा बेटा।"

तसल्ली हुई सीमा को यूँ देखकर। राहत आत्मजा के चेहरे पर भी थी। पलाश अब भी बेहद उलझा हुआ दिख रहा था।

मैं चलने को हुई, "अच्छा, मुझे जाना होगा। देर हो रही है।"

"मैं छोड़ देता हूँ।" पलाश मेरे पीछे ही निकल आया।

"आप क्या कह रही हैं? आप क्या जानती हैं? ज्योति प्रोसाद रॉय? यह कौन हैं?"

ज्योति प्रोसाद रॉय। कैसा भारी-भरकम लेकिन कितना मीठा-सा नाम है। चेहरा मैं भूल नहीं सकती। बिलकुल सौम्य मुस्कुराहट, तराशा हुआ नाक-नक्श, रौबदार मूंछ, बेहद सलीक़े से ट्रिम की हुई, हल्के रंग के कपड़े, बिना एक भी सिलवट के।

मुझे नहीं पता कि मैं क्या और कितना और कैसे बताऊँ सब। फिर मैं यह भी तो नहीं जानती कि वास्तव में सच क्या है। सबसे पहले तो यही जानना होगा कि क्या वाक़ई ज्योति आत्मजा को पढ़ाता भी था कि नहीं।

"हम स्कूल चलते हैं पलाश। मेरा शक सही है, तो यह ज़रूर आत्मजा को पढ़ाता होगा। स्कूल का ऑफ़िस बंद होने से पहले पहुँचना होगा।"

पलाश ने बाइक निकाल ली है और वह जितनी तेज़ चला सकता है बाइक चला रहा है, पर हमें फिर भी स्कूल पहुँचने में देर हो चुकी है। चौकीदार स्कूल को ताला लगा रहा है।

"सुनो भैया, क्या आप ज्योति सर को जानते हो?"

"नहीं तो।"

चौकीदार ज्योति को न भी जानता हो, पलाश को जानता है। शायद वह किसी इन्क्वायरी में उलझना नहीं चाहता। मैंने फ़ोन निकाला। गूगल फ़ोटोज़। शायद ज्योति की कोई तस्वीर रह गई हो। एक थी। मैंने उसे आगे बढ़ाया, "हम इनकी बात कर रहे है। कुछ ज़रूरी काम था इनसे।"

"रॉय साब। अरे, बहुत अच्छे आदमी हैं। मुझे जब भी देखते हैं, मुस्कुरा कर मिलते हैं। हमेशा बच्चों के साथ खेलते-पढ़ाते नज़र आते हैं। थोड़ी देर पहले ही घर के लिए निकले होंगे। उनका फ़ोन नंबर तो नहीं है।"

मैं पलाश की तरफ़ मुड़ी।

"हम कल मिल लेंगे।"

मैंने पलाश को चलने का इशारा किया।

"हमें जल्द पुलिस स्टेशन पहुँचना होगा। मैं तुम्हें सब बताऊँगी, पर अभी हम देर नहीं कर सकते। बस एक फ़ोन करने दो।"

मैंने अपनी पुलिसवाली दोस्त को फ़ोन लगाया, "सुन, ज्योति इसी शहर में है।"

"क्या बात कर रही हो?" फ़ोन के उस तरफ़ की बात पलाश सुन पा रहा है।

"हाँ, और वह आत्मजा को पढ़ाता है। उसके स्कूल में। मुझे लगता है..." मेरी आवाज़ न चाहकर भी भर्रा गई है। मैं पुलिस स्टेशन जा रही हूँ। तुम आ जाओगी न?"

"तुम अकेली हो कि तुम्हारे साथ कोई है?" उसकी आवाज़ में चिंता है।

"पलाश है।"

पलाश को समझ कुछ भी नहीं आ रहा। किन्तु वह इतना समझ पा रहा है कि कोई ऐसी बात मैं जान गई हूँ, जो इस पूरे केस को सुलझा सकती है।

ज्योति इस तरह फिर मेरी ज़िंदगी में लौटेगा, मैं कल्पना भी नहीं कर सकती। अचानक बहुत थकान महसूस हो रही है, जैसे एक दोपहर में ही मेरी उम्र कई साल बढ़ गई हो। यह कहानी कब ख़त्म होगी? किसी बुरे सपने की तरह कब तक मेरे इर्द-गिर्द यूँ घटती रहेगी।

ज्योति पर शक करना आसान नहीं था। वह इतना हंसमुख था कि किसी का भी दिल जीत सकता था। शादी के बाद भी मुझे बहुत समय लगा यह समझने में कि वह एक पीडोफ़ाइल है। बच्चों के साथ हमेशा घुल-मिल जाता। घर हमेशा बच्चों की किलकारियों में गूंजता मिलता। आस-पड़ोस के लोग भी बच्चों को घर भेज देते। वह उनके साथ खेलता। सबको केक, चिप्स और जूस पिलाया जाता। फिर एक के बाद एक बच्चा टॉयलेट जाता। शुरू में यह सोचकर अच्छा ही लगा कि कोई मर्द बच्चों का यूँ ख़याल भी रख सकता है, पर फिर जाने कैसी अजीब-सी शंका मन में घर करने लगी।

जब किसी बच्ची की चड्डी उतरी हुई मिलती या कोई एकदम रोते हुए आता और अपने प्राइवेट पार्ट को दिखाकर कहता कि अंकल ने दुखाया, मैं पुचकार देती मन में शक के उठते हुए भी, पर फिर धीरे-धीरे सब साफ़ होने लगा। मैं डरने लगी। बच्चों को घर आने से रोकने लगी। इस बात की कोशिश में लगी रही कि लोगों पर कुछ भी

ज़ाहिर न हो। इस बीच यह तसल्ली देती रही मन को कि काश मेरे शक ग़लत हों।

मगर एक दिन ज्योति का फ़ोन खुला मिल गया। घर आए सब बच्चों की तस्वीरों का एलबम खुला था। बच्चों के तन पर कपड़े नहीं थे। किसी की चड्डी उतरी थी। किसी को ग़लत तरीक़े से छूते हुए की तस्वीर थी। मैं बहुत डर गई थी, पर मैंने कुछ नहीं किया। मैं तुरंत कहीं नहीं गई। अपने मन को अलग-अलग तरह से समझाती रही। इस बात को स्वीकार करने में मुझे समय लगा कि यह इंसान बीमार है। ख़तरनाक भी।

ऐसे सच, जिन्हें स्वीकारना कठिन होता है हम उन्हें झुठलाते जाते हैं। जो बात एकदम प्रत्यक्ष हो जाने क्यों हमें नज़र नहीं आती, जैसे सिर्फ़ उसी बात के सामने कोई ब्लाइंड स्पॉट उभर आता है। हम जो नहीं देखना चाहते, वह हमें दिखाई नहीं देता और देखते-ही-देखते बहुत देर हो जाती है।

बाइक एकदम से रुकी, तो मेरे सोचने का क्रम टूटा।

पलाश बाइक पार्क करने चला गया। पुलिस स्टेशन में मेरी दोस्त मौजूद है। वह मुझे और बीती सारी बातों को बहुत क़रीब से जानती है। उसने पुलिस इंस्पेक्टर को शायद सारी बातें समझा दी हैं।

"ज्योति का अड्रेस मिल गया। तुम सही कह रही थी, वह इसी स्कूल में पढ़ाता है। सब-इंस्पेक्टर गए हैं उसे लेने। फ़िलहाल पूछताछ के लिए। हम आत्मजा के पास जा रहे हैं, उसका बयान लेने के लिए। तुम आना चाहती हो?" मेरी दोस्त पूछ रही है।

मुझे चक्कर-सा आ रहा है। पलाश ने भाँप लिया शायद। सहारा दिया।

"मैं ले आऊँगा इन्हें।" उसने मेरी दोस्त से कहा।

पलाश ने कुर्सी तक पहुँचाकर बिठाया। मैंने चेहरे से मास्क उतारा। वह पानी का गिलास मेरे हाथ में थमाकर मेरे ही पाँव के पास बैठ गया।

"बताओ न! ज्योति प्रोसाद रॉय कौन है? आप उन्हें कैसे जानती हैं?"

कुछ उसका स्नेह भरा साथ था, कुछ मेरी थकान, जो मेरी आँखों से आँसू बह निकले।

मेरे जैसे लोगों का जीवन शापित है। जो बार-बार एक इंसान की क्रूरता का साक्षी बनता जाता है। हम अतीत कितना भी पीछे छोड़ आएँ, अतीत हमारा पीछा नहीं छोड़ता। अब बहुत थक गई हूँ। जीवन भर उससे भागते हुए भी वह मेरे ही आसपास बना रहा। वह कुछ भी कर सकता है। किसी भी हद तक जा सकता है। वक़्त ने उसे शायद और क्रूर बनाया होगा। उसे सिखाई होगी हाथ की सफ़ाई भी। उसे पता होंगे तमाम बच निकलने के रास्ते। मेरे लिए बहुत मुश्किल था उससे तलाक़ लेना। उस बच्ची का केस लड़ना भी। कितनी धमकियाँ मैंने झेलीं थी उस समय। कितना डराया था उसने मुझे। उसका नाता हमेशा ताक़तवर लोगों से रहा और वह उनकी ताक़त की आड़ में अपने कुकर्मों को अंजाम देता रहा। उसने मेरे रास्तों को मुश्किल बनाने में कोई कसर नहीं छोड़ी।

जैसे समय इतना बीत तो गया, पर कहीं खिसका ही नहीं।

मुझे चक्कर-से आ रहे हैं... सीने में दर्द उठ रहा है... पलाश मुझे झकझोर रहा है, चिल्ला भी रहा है शायद... पलाश का चेहरा... उसकी बहुत धीमी आवाज़, जो अब सुनाई नहीं दे रही। मेरी आँखों के आगे अंधेरा छा रहा है...

...

रात का घना अँधेरा। मुझे मालूम है कि मैं सपने के भीतर हूँ। मुझे मालूम है कि आगे क्या होने वाला है। मैं लगातार इस सपने को तीसरे

दिन देख रही हूँ। सब कुछ साफ़ है। कोई धुँधलापन मेरी सहायता नहीं कर रहा। मैं रोना चाहती हूँ, पर मेरे किरदार को यह शोभा नहीं देता। बुरा समाचार देने की जवाबदेही भी मेरी है। मैं बौखलाकर जागी हूँ। आँख बिना खोले। मैं इस सपने में रहना चाहती हूँ। मरनेवाले का नाम क्या है?

कहीं कोई नहीं है। दूर-दूर तक। मैं चिल्ला रही हूँ, पर आवाज़ नहीं निकल रही। मैं सपने से उठना चाहती हूँ। मैं कोशिश कर रही हूँ, पर मैं हाथ-पाँव कुछ हिला नहीं पा रही। मेरी उंगली तक नहीं हिल रही, जैसे पूरे शरीर को लकवा मार गया है। मैं ज़ोर-ज़ोर से रोना चाहती हूँ। मैं चीख रही हूँ, पर आवाज़ गूँगी है। बस आँसू हैं, जो थम नहीं रहे। बहते ही जा रहे हैं, पर आँखें पथराई हैं। मरी हुई मछली-सी। और अँधेरा। और सन्नाटा। बस।

लिफ़ाफ़ा

नींद खुली है। वक़्त क्या हुआ है? मैंने घड़ी देखी। सात बज रहे हैं, शायद सुबह के। मेरा ध्यान दूसरे हाथ पर गया। जाने क्यों दुख रहा है। उसमें सुई लगी हुई है। पास ही स्टैंड पर ड्रिप लटक रही है। मैं पता नहीं कहाँ हूँ? अस्पताल का कमरा है शायद। अटेंडेंट बेड पर कोई सोया है। हाँ, पलाश।

मुझे याद आ रहा है। हम पुलिस स्टेशन में थे। शायद चक्कर के बाद बेहोश हुई हूँ। पता नहीं कल और क्या हुआ होगा। प्यास लगी है। पानी शायद आस-पास ही हो। शायद उस बोतल में। मेरे उठने की खटपट से पलाश की नींद भी खुल गई है।

"अरे आप उठ गईं? रुकिए मैं देता हूँ पानी। कल तो आपने कमाल ही कर दिया। पुलिस स्टेशन में ही चक्कर खाकर गिर गईं। आपकी दोस्त ही यहाँ दाख़िल करके गई। कोई और था नहीं इसलिए मैं ही रुक गया।"

पलाश ने टेक देकर बैठाया। मैं पानी पी रही थी और वह गिलास थामे था। जाने क्यों बहुत अच्छा लगा उसका होना।

"कल ज्योति को पुलिस पूछताछ के लिए ले आई थी। उसने सभी बातों से इनकार कर दिया है। पुलिस ने उसे शहर छोड़कर जाने की मनाही की है। उसे अपना वकील करने की छूट ज़रूर है। पुलिस आत्मजा के बयान के बाद शायद उसे हिरासत में ले सके।"

"कल आपकी दोस्त ने आत्मजा को सब बताया। आपके बारे में। ज्योति की हिस्ट्री के बारे में। काफ़ी देर तक आत्मजा को सब कुछ बताती-समझाती

रही। मैं भी था वहीं। आपकी कहानी बेहद दुखद है। सही वक़्त पर आपका मिलना और यह सब समझना हमारे लिए बहुत मायने रखता है। आत्मजा अपना बयान देने को राज़ी हो गई है। सीमा आंटी ने भी उसे हिम्मत दी है, पर वह घबराई हुई है। डरी हुई।"

"सुनिए, आप बहुत कमज़ोर हैं। कल मैं बहुत डर गया था। अस्पताल लाने तक आप होश में नहीं आईं। ख़याल रखिए अपना। मैं नीचे जा रहा हूँ। आत्मजा को मिलकर फिर चाय-पानी लेकर आऊँगा। आत्मजा चाहती है कि जब वह बयान दे, तो आप साथ हों। आप रहोगे?"

"हाँ! हाँ! क्यों नहीं।"

पलाश कमरे से निकल गया है।

क्या ज्योति से फिर मिलना होगा? मैं इस सोच भर से सिहर जाती हूँ। कितने भीतर तक डर बैठ जाता है। बीते वर्षों में ख़ुद को बहुत मुश्किल से सँभाला है मैंने। मैं जानती हूँ कि उसे ग़लत साबित करने से लेकर ख़ुद को अवसाद से निकालने में मैं हमेशा ख़र्च होती रही हूँ। कहते हैं हमारी उम्र कितनी भी क्यों न हो, अंततः हमारे भीतर पाँच बरस का बच्चा ही बसता है और मेरे भीतर की बच्ची बेहद डरी हुई है अब भी। होंठों पर मुस्कान और आँखों में वात्सल्य किस तरह अश्लील नज़र और स्पर्श में बदल जाता है, मैं बखूबी जानती हूँ।

पता नहीं पुलिस मुझसे क्या चाहेगी। एक के बाद एक मुझ पर किए गए सारे अत्याचार याद आ रहे हैं। वह डर याद आ रहा है, जब मैं उसके साथ रहा करती थी। गुज़रे वर्षों में हर समय वह मेरा पीछा करता रहा। उसने कहा था मुझे कि वह बदला लेकर रहेगा। मैं हमेशा इस डर के साये में जीती रही। कितनी मुश्किल से भूली थी मैं, उसका होना और वह इसी शहर में था, जाने कब से। जाने कितनी औरतों और बच्चियों को बर्बाद करता हुआ और मुझे भनक भी नहीं थी।

नर्स आई है ग्लूकोमीटर से शुगर मापने, "कोई तकलीफ़? चक्कर तो नहीं आ रहे?"

"नहीं! मैं ठीक हूँ। कोविड के बाद की कमज़ोरी है। अभी वक़्त लेगी।"

कोविड का समय ही ऐसा है। एक दुख भूलता नहीं है कि दूसरा तैयार मिलता है। कितने लोगों ने कितने लोगों को खो दिया है। विदा करने के लिए वक़्त, शब्द, अनुष्ठान किसी के लिए ठीक-ठीक समय नहीं मिला। कभी-कभी लगता है, इतना सारा अधूरापन कैसे समेटेंगे हम अपने जीवन में। घर में जब बंद थी, तो मन बाहर की ओर भागता था और अब बाहर, जहाँ नज़र दौड़ाओ सब लोग मास्क में। खुद में बंद और घुटे हुए लोग।

पलाश थर्मस में चाय और नाश्ता लेकर आया है। उसने हम दोनों के लिए डिस्पोज़ेबल कप में चाय निकाल ली है।

"बस कुछ देर में डॉक्टर आती होंगी। अगर आपकी तबीयत ठीक है, तो आत्मजा के पास चलेंगे। दस बजे पुलिस आएगी बयान लेने।"

डॉक्टर ने वही कहा कि कोविड के बाद की कमज़ोरी है। कई सारी विटामिन की गोलियाँ लिख दी हैं। मैं हाथ-मुँह धोकर आत्मजा के पास आ गई हूँ। वहाँ कमरे में बाक़ी सब भी हैं। पलाश, आहना, सीमा, राकेश और सविता भी।

पलाश आत्मजा के पास पहुँचा और इशारे से मुझे भी पास बुलाया। फिर हाथ पकड़कर आत्मजा के बिस्तर पर बैठा दिया।

"सुन आत्मजा, वासन्ती आंटी तुम्हारे साथ हैं। तुम्हें उनकी दोस्त ने बताया न कि वह कैसे अपने जीवन में यह जंग लड़ भी चुकी हैं और जीत भी। हम भी लड़ेंगे। यह ज़रूरी है। आत्मजा, तुम अकेली नहीं हो। हम सब तुम्हारे साथ हैं। तुम्हें बहुत प्यार करते हैं और किसी भी हालत में तुम्हें नहीं खो सकते।"

सीमा पास आ गई है। उसने आत्मजा का माथा चूमा। राकेश पाँव के पास बैठ गया। आहना भी नज़दीक ही है।

"बेबी को कुछ नहीं होगा। हमारी बेबी बहुत समझदार है।" यह सविता थी।

यह पूरा सीन एकता कपूर के किसी सीरियल की तरह मेलोड्रमैटिक लग रहा था लेकिन अच्छा भी लगा परिवार का इस तरह एक साथ आना।

पुलिस पहुँच गई है।

"मैं चाहती हूँ कि बयान देते समय वासन्ती आंटी मेरे साथ रहें।" आत्मजा ने आग्रह किया।

इंस्पेक्टर के साथ मेरी दोस्त भी है। उन्होंने हामी भरी।

पुलिस स्टेटमेंट

नाम: आत्मजा सिन्हा

उम्र: 17 बरस

वर्तमान पता: बंगला नं. 14, अमृतनगर, जयपुर, 302001

स्थायी पता: बंगला नं. 14, अमृतनगर, जयपुर, 302001

तारीख़: 15/3/2020

"ज्योति... ज्योति प्रोसाद रॉय हमें इंग्लिश पढ़ाते थे। वह हमेशा नई किताबों, कविताओं का ज़िक्र करते। उनकी समझ हर विषय को लेकर बहुत बारीक थी। हर बात वह उदाहरण के साथ समझाते। एक ही लेखक की बाक़ी कहानियों पर भी चर्चा करते, जोकि कोर्स में नहीं थीं।"

"मैं उनसे बहुत प्रभावित थी। मेरी कोशिश रहती कि मैं उनका दिया काम और भी अच्छे से कर सकूँ। शुरू में मैंने उनसे कुछ किताबें ही माँगी। वह

कहते कि उनके ऑफ़िस से ले जाऊँ। जब क्लास ख़त्म करके मैं पहुँचती, तो किताब बाहर ट्रे में मिल जाती। मैं थैंक्यू कहती, पर वह नज़र भी नहीं उठाते। यह सिलसिला कुछेक महीनों चला। मुझे अच्छी लगती थी उनकी संजीदगी, उनकी हर लेखक और कहानी को लेकर समझ।"

"वह हर बात को उस समय से भी जोड़ते, जब वह कहानी घटी थी। वह मुझे अच्छे लगने लगे। वह ऐसे पहले व्यक्ति थे, जो मेरी हर बात, भावना को ठीक-ठीक समझ सकते थे। फिर मैं उनसे डाउट पूछने लगी। पहले यह कोर्स की किताबें पढ़ते हुए सच में उठे सवाल थे मगर बाद में मैं उनसे मिलने के लिए जान-बूझकर कुछ सवाल बना लेती। वह मुझे पूरे संयम के साथ सुनते। पता नहीं कब वह मेरे और मेरे परिवार के बारे में निजी प्रश्न पूछने लगे। मैं उनसे छोटी-छोटी बातों पर सलाह लेने लगी। मैं अपना मन खोलने लगी। उनकी सहानुभूति प्यार-सी महसूस होती थी। कभी जब मैं बहुत उदास होती, वह प्यार से मेरे कंधे पर हाथ रखते। मुझे कुछ अजीब नहीं लगा।"

"मुझे लगा, मुझे कोई दोस्त मिल गया है। उन दिनों मैं हँसने लगी। मुस्कराने और कविताएँ लिखने लगी। फिर एक दिन उनका हाथ कंधे से बढ़कर मेरे सीने पर छू गया। मैं चौंकी तो, पर तय नहीं कर पाई कि यह जान-बूझकर किया है या यूँ ही ग़लती से हो गया। उन्होंने ऐसे व्यवहार रखा, जैसे उन्हें पता ही न चला हो। मैं बहुत कंफ़्यूज़्ड थी कि मुझे ठीक से यह भी समझ नहीं आ रहा था कि मुझे अच्छा लग रहा है या बुरा।"

"मैं पूरा-पूरा दिन उन्हें सोचती। मैं ख़ुश थी। जब उन्होंने कहा कि मैं बहुत सुंदर हूँ, तो पहली बार मुझे लगा कि सच में मैं बहुत सुंदर हूँ। उन्होंने मुझसे मेरी तस्वीरें मांगी। मैं हिचकिचाई, पर मैंने भेज दीं। उन्होंने कहा कि ऐसी तस्वीर नहीं, मैं नहीं समझी। तब उन्होंने ज़ोर नहीं दिया। एक दिन मम्मी-पापा के बीच बहुत अनबन हुई, तो मैं बहुत रोई रात भर। स्कूल में स्टडी लीव हो चुकी थी।"

"मैं डाउट पूछने के बहाने ज्योति के पास पहुँची। वहाँ जाकर काफ़ी देर तक रोती रही। वह मुझे समझाते रहे। फिर मुझे सीने से लगा लिया। उनके हाथ मेरी ब्रेस्ट पर थे। मैं कुछ समझ नहीं पाई। मैं उनसे दूर हुई। उनका कम्पोज़र वैसा ही रहा। रोते-रोते बिना कुछ कहे ही मैं घर के लिए निकल गई। उस रात मैंने बहुत सोचा। मुझे लगा, मैं ही उनके यूँ क़रीब आने की ज़िम्मेदार हूँ।"

"उन्होंने कभी मेरे साथ कोई ज़बरदस्ती नहीं की थी। कभी कुछ अश्लील कहा नहीं। मैंने सोचा कि मैं अगले दिन जाकर उन्हें कहूँगी कि मैं अब इस तरह उनके पास नहीं आऊँगी। उस दिन स्कूल में पता नहीं क्यों और कोई दिखाई नहीं दे रहा था। शायद टीचर्स की कोई ट्रेनिन्ग चल रही थी। मैं ज्योति के ऑफ़िस गई, तो वह वहाँ बैठे थे। कुछ बीमार-से लग रहे थे। मैंने अपनी बात शुरू की। उन्होंने कहा कि उन्हें माइग्रेन का अटैक है और जो कहना है, मैं कल कहूँ।"

"मैं चलने को हुई, तो उन्होंने कहा कि मैं सिर दबा दूं। मैं हिचकिचाई, तो कहा कि कम-से-कम ड्रॉअर से विक्स ही निकालकर दे दूँ। मैंने ड्रॉअर खोला और देने के लिए पास गई, तो उन्होंने वहीं मुझे दबोच लिया। मैं कुछ समझ नहीं सकी, पर वह तैयार थे शायद। मुझे लगभग खींचते हुए ऑफ़िस का दरवाज़ा बंद किया और मेरे कपड़े ऊपर कर दिए। फिर जबरन मुझसे संबंध बनाने की कोशिश की। मैं चीखने की कोशिश करती रही। चिल्लाई भी, पर कोई नहीं आया। किसी तरह दरवाज़े की तरफ़ पहुँची और भाग निकली। वह मेरे पीछे नहीं आए।"

"मैंने घर पहुँचकर खुद को देखा। कहीं कोई खरोंच तक नहीं थी। मैं बहुत रोई। मुझे लगा, मैंने मेरे सबसे क़रीबी दोस्त को खो दिया। मुझे लगा, मैं ही हर बात की ज़िम्मेदार हूँ। मुझे लगा, मैंने उन्हें उकसाया था। मैं चाहती थी कि मैं मम्मी या पापा को यह सब कह सकूँ। मुझे समझ नहीं

आ रहा था कि यह रेप था कि नहीं। मुझे डर लग रहा था कि कहीं मैं प्रेग्नेंट न हो गई हूँ।"

...

आत्मजा लगातार मेरा हाथ थामे हुई है। अब वह खुद को और सँभाल नहीं पा रही। मैंने उठकर उसे बाहों में ले लिया। वह मेरे सीने से लगकर फूट-फूटकर रो रही है। मेरी दोस्त की आँखें भी नम हैं। मैं बुत-सी उस बच्ची को थामे हुए बैठी हूँ।

बयान के बाद पलाश दौड़कर आया है। आत्मजा को रोते देख वह भी रोने लगा है। अपने हाथों में आत्मजा का चेहरा लेकर उसके बहते आँसू पोंछे।

इंस्पेक्टर मुझसे कह रहे हैं, "आत्मजा के बयान के साथ अब हमारे पास सारे सबूत हैं, जिससे ज्योति का जुर्म साबित होता है। आपके पास भी कोई सपोर्टिंग एविडेंस है, तो प्लीज़ सबमिट करिए। ज्योति का अरेस्ट वॉरंट तैयार कर उसे हिरासत में ले लेंगे। मुझे यक़ीन है हम कठिन से कठिन सज़ा दिलवा सकेंगे।"

मैं घर के लिए अकेले ही निकल गई। बाहर निकली, तो बताया गया कोई मुझसे मिलना चाहता है। एक आदमी मेरा इंतज़ार कर रहा है।

"वासन्ती रॉय?"

"जी?"

"डॉक्टर रॉय आउट ऑफ़ कोर्ट सेटलमेंट चाहते हैं। उन्होंने यह लिफ़ाफ़ा भेजा है।"

व्यूह

"सॉरी, एक मिनट प्लीज़। मेरा सामान रह गया भीतर।"

मैं भीतर जाने के लिए मुड़ी। लॉबी से कमरे में। देखा कि खिड़की से वह आदमी दिख रहा था। बिना फ़्लैश उसकी तस्वीर खींची। अपने मोबाइल में रिकॉर्डर ऑन किया और फिर बाहर आ गई।

"जी, आप मुझसे मिलना चाहते थे?"

वह यंत्रवत फिर बोल गया, "डॉक्टर रॉय आउट ऑफ़ कोर्ट सेटलमेंट चाहते हैं। उन्होंने यह लिफ़ाफ़ा भेजा है।"

"डॉक्टर रॉय?" मैंने पूछा।

"ज्योति प्रोसाद रॉय" वह खीझने लगा था।

"ओह, मेरे एक्स हसबैंड? पर हमारा तो कोई केस नहीं चल रहा। कैसा आउट ऑफ़ कोर्ट सेटलमेंट?"

वह लम्बी बात करने के लिए तैयार नहीं था। खीझ अब साफ़ झलक रही थी।

"क्या है इसमें?" मैं नज़दीक आए बिना ही पूछ रही थी।

वह बिना कुछ कहे मेरे हाथों में लिफ़ाफ़ा जबरन पकड़ाकर तेज़ क़दमों से बाहर चला गया। मैं लिफ़ाफ़ा घर ले आई। खोलकर देखा, तो एक पेन ड्राइव में हमारी सुहागरात की विडियो, अंतरंग होने के विडियो और नग्न अवस्था में मेरी बहुत सारी तस्वीरें थीं। जाने क्यों, पहली बार मेरा गुस्सा

मेरे डर से ज़्यादा था। पुलिस ने ज्योति के ख़िलाफ़ POCSO ACT (प्रोटेक्शन ऑफ़ चिल्ड्रेन फ्रॉम सेक्सुअल ऑफ़ेंसेस एक्ट), सेक्शन 5F और सेक्शन 6 और इंडियन पीनल कोड 306 और 354 के तहत मैजिस्ट्रेट कोर्ट में चार्जेज़ फ़ाइल किए। यह ग़ैर ज़मानती होने की वजह से ज्योति के वकील उसका गिरफ़्तार होना नहीं रोक सके थे।

ज्योति हिरासत में था। मैं जितना ज्योति को जानती हूँ, वह ख़ुद को निर्दोष साबित करने की कोई कसर नहीं छोड़ेगा। मेरे पास जो एविडेन्स थे मैंने पुलिस को सबमिट किए। लिफ़ाफ़ा, ऑडियो टेप, पुराने केस की सारी डिटेल्स, उस केस के फ़ैसले की कॉपी, जिस बच्ची के साथ दुष्कर्म किया था उसकी डिटेल्स, हमारे डिवोर्स केस का फ़ैसला, पिछले स्कूल से टर्मिनेशन लेटर, वग़ैरह।

आत्मजा अस्पताल से घर आ गई है। वॉट्सऐप ग्रुप में कुछ गॉसिप ज़रूर है लेकिन कोरोना के केस के बढ़ने से अधिकतर लोग ख़ुद में ही मग्न हैं।

सुना है, ज्योति ने शहर का नामी वकील किया है। आत्मजा का केस पॉक्सो लॉ के तहत फ़ास्ट ट्रैक कोर्ट में चलेगा। कोरोना की वजह से तारीख़ फिर भी जल्दी नहीं मिली। केस की तारीख़ सितंबर की चौदह तय की गई है। इस दौरान मैं आत्मजा से कई बार मिली। वह पलाश के साथ कई बार घर आ जाती। उसकी और पलाश की दोस्ती बहुत ही प्यारी है। वह लगातार अपनी साइकियाट्रिस्ट के साथ काउंसलिंग सेशन कर रही है। सीमा भी साइकियाट्रिस्ट को कंसल्ट कर रही है। उसने डी-एडिक्शन कैम्प से जुड़कर शराब छोड़ने की मुहिम भी शुरू की है। इस बीच आहना अपने गाँव लौट गई है। उसकी माँ की तबीयत ठीक नहीं है। राकेश दफ़्तर से देर से ही लौटते हैं और बेहद चुप और चिड़चिड़े हो गए हैं। सविता अब भी वह कड़ी है, जो हम तीन परिवारों को साथ जोड़ती है।

इस दौरान देश भर में लॉकडाउन घोषित किया गया। मज़दूर दर-दर भटकते रहे। धीरे-धीरे कोविड की मार मध्यम वर्ग पर पड़नी शुरू हो गई

है। ध्यान से देखें अपने आसपास, तो महसूस होता है संवेदना की बारिश में सूखे-भीगे हम सब एक अजीब बौखलाहट में हैं। किसी की नौकरी चली गई है। किसी के पास ईएमआई भरने के पैसे नहीं। किसी के पास बच्चे के स्कूल की फ़ीस भरने की बचत नहीं है, तो किसी के पास दवा लेने के पैसे नहीं हैं। ढोंग अब भी हम पर हावी है। संवेदना और दर्द बाँटने का नाटक हम बख़ूबी कर रहे हैं। कोई सरकार की पैरवी कर रहा है, कोई उसके ख़िलाफ़ विद्रोह की बात।

आत्महत्या करनेवालों की गिनती भी लगातार बढ़ रही है। बहुत दिन नहीं हुए 'कैफ़े कॉफ़ी डे' के मालिक को आत्महत्या किए हुए। सिर्फ़ एम्स जैसी संस्था को ही देख लें। पिछले महीनों में एम्स में चार लोगों ने आत्महत्या की, जिसमें दो मेडिकल छात्र रहे। इससे पहले, बीती छह जुलाई को एम्स में ही कोरोना संक्रमित एक 37 वर्षीय पत्रकार ने चौथी मंज़िल से कूदकर आत्महत्या कर ली थी। इसके बाद दस जुलाई को 25 वर्षीय जूनियर रेज़िडेंट डॉक्टर ने एम्स के डॉक्टरों के हॉस्टल की दसवीं मंज़िल से कूदकर जान दे दी थी।

देखा जाए, तो मास्क के पीछे हम सबके चेहरे पर अजीब बनावटी मुस्कुराहट है। सच तो यह है कि कोरोना काल में मास्क को अनिवार्य करने से पहले ही हम सब मुखौटे पहने हुए थे। हमारी ख़ुशियों की कोई असली बुनियाद नहीं है। पूरे देश की आँखें वीरान हैं। न जाने कब से।

...

सितंबर 14

हम कोर्ट में मौजूद हैं। आत्मजा, सीमा, राकेश, पलाश, मैं, गायनेकोलॉजिस्ट, साइकियाट्रिस्ट, स्कूल की प्रिन्सिपल, पुलिस इंस्पेक्टर, पब्लिक प्रोसिक्यूटर। ज्योति का वकील भी। ज्योति होगा यहीं कहीं, पर

दिख नहीं रहा। पुलिस को सख़्त हिदायत है कि वह आत्मजा के सामने न दिखे।

पुलिस सारे एविडेंस और स्टेटमेंट दाख़िल कर चुकी है। डिफ़ेंस लॉयर एविडेंस की पड़ताल कर चुका है। सबसे पहले आत्मजा को हाज़िर होने को कहा गया। आत्मजा की पूछताछ सेशन इन कैमरा है, जहाँ जज और वकील के अलावा कोई नहीं हो सकता। आत्मजा के आग्रह पर मुझे उसके साथ रहने की अनुमति दी गई है।

पब्लिक प्रोसिक्यूटर: गुड मॉर्निंग बेटा! तबीयत ठीक है?

आत्मजा: जी।

पब्लिक प्रोसिक्यूटर: क्या तुम बता सकती हो कि तुमने सुसाइड करने की कोशिश क्यों की?

आत्मजा: मैं बहुत उदास थी। ख़ुद से नाराज़।

पब्लिक प्रोसिक्यूटर: कोई ख़ास वजह?

आत्मजा: हाँ। स्टडी लीव के दौरान मैं स्कूल में डाउट पूछने जाती थी। 15 जनवरी 2020 को ज्योति सर ने मेरे साथ दुष्कर्म करने की कोशिश की। मुझे बहुत दुख हुआ। तकलीफ़ भी। मुझे बार-बार मर जाने का मन करता था। जब सहन नहीं हुआ, तो ऐसा क़दम उठा लिया।

पब्लिक प्रोसिक्यूटर: आपके पास से दो डायरी मिली हैं। एक में डूडल्स हैं। क्या आप बता सकती हैं आपके मन में क्या था तब?

आत्मजा: हाँ। बचपन से ही मुझे डूडलिंग का शौक रहा है। वह छोटी लड़की मैं हूँ ज्योति सर के साथ।

पब्लिक प्रोसिक्यूटर: क्या आपके आत्महत्या की कोई और वजह है? किसी ने भी आपको परेशान किया हो?

आत्मजा: नहीं।

पब्लिक प्रोसिक्यूटर: आपके फ़ोन पर इस वारदात के ठीक पहले कई सारे मिस्ड कॉल मिले हैं।

आत्मजा: पलाश के हैं। वह मेरा दोस्त है। उसने चिंता में किए थे फ़ोन। सिर्फ़ वही भांप पाया था कि मैं कितनी दुखी हूँ।

पब्लिक प्रोसिक्यूटर: आपकी नोटबुक में आपकी लिखी चिट्ठी मिली थी। बिना नाम और संबोधन के।

आत्मजा: जी। मैंने ज्योति को लिखी थी, पर फिर देने का मन नहीं किया।

पब्लिक प्रोसिक्यूटर: आपने पुलिस को जो स्टेटमेंट दिया, आप उससे सहमत हैं? (पब्लिक प्रोसिक्यूटर ने स्टेटमेंट की कॉपी आत्मजा को और जज को दी)

पब्लिक प्रोसिक्यूटर: क्या स्टेटमेंट लेने के बाद आपको पढ़कर सुनाया गया था?

आत्मजा: हाँ, जो मेरे साथ घटा मैंने वही बताया। उसे वैसे ही रिकॉर्ड भी किया। मुझे और मम्मी-पापा को पढ़कर सुनाया भी।

पब्लिक प्रोसिक्यूटर: घर में, परिवार में, किसी के साथ कोई बात या दुर्घटना?

आत्मजा: नहीं। पुलिस का शक पापा पर था, पर पापा ने ऐसा कुछ नहीं किया।

पब्लिक प्रोसिक्यूटर: तुम किसी भी बीमारी के लिए डॉक्टर से कंसल्ट कर रही थी?

आत्मजा: नहीं। मैं बारहवीं की परीक्षा की तैयारी कर रही थी। पूरी तरह स्वस्थ थी।

आत्मजा काफ़ी संयत स्वर में नपे-तुले जवाब दे रही थी। पब्लिक प्रोसिक्यूटर ने बीते दिनों उसे तैयार किया था।

पब्लिक प्रोसिक्यूटर: योर क्रॉस...

डिफ़ेंस लॉयर उठे हैं। उन्होंने बहुत विनम्रतापूर्वक आत्मजा का अभिवादन किया।

डिफ़ेंस लॉयर: जिस स्टेटमेंट में तुमने मेरे क्लाइंट पर इल्ज़ाम लगाया है उससे पहले भी तुमने एक स्टेटमेंट दिया था?

आत्मजा: जी।

डिफ़ेंस लॉयर: जिसमें तुमने डिप्रेशन होने की बात की थी?

आत्मजा: जी।

डिफ़ेंस लॉयर: पर तुम किसी को कंसल्ट नहीं कर रही थी?

आत्मजा: जी।

डिफ़ेंस लॉयर: तुम्हारे कंप्यूटर में तुम महीनों सुसाइड के बारे में सर्च करती रही?

आत्मजा: हाँ, लेकिन...

डिफ़ेंस लॉयर: हाँ या ना?

आत्मजा: हाँ।

डिफ़ेंस लॉयर: तुम्हारी पसंद का लिटरेचर डिप्रेस्ड तरीक़े का था?

मैं महसूस कर रही हूँ कि आत्मजा आतंकित हो रही है। डिफ़ेंस लॉयर उसकी आँखों से अपनी नज़र हटा नहीं रहे।

"बोलो बेटा"

आत्मजा: हाँ।

डिफ़ेंस लॉयर: तुम्हें अपने पिता के अश्लील स्वभाव के बारे में अंदाज़ा था?

अब जज बोले, "बिना मतलब के सवाल नहीं पूछे जाएँ। वह पहले ही बता चुकी है कि कुछ नहीं था ऐसा।"

डिफ़ेंस लॉयर: ठीक है, पर तुम्हारा पहला स्टेटमेंट था कि पढ़ाई के स्ट्रेस और डिप्रेशन की वजह से तुमने ऐसा किया।

आत्मजा: हाँ।

डिफ़ेंस लॉयर: फिर तुम्हें याद आया कि मेरे क्लाइंट ज्योति प्रोसाद रॉय ने तुम्हारे साथ कुछ किया था। हाँ या ना?

आत्मजा: ना।

डिफ़ेंस लॉयर: ओह, तो याद नहीं आया। मनगढ़ंत कहानी बुनी गई?

आत्मजा: जी?

"बीस मार्च को आत्मजा पहली बार मिसेज़ वासन्ती रॉय से मिलती हैं। इस बात का संज्ञान लिया जाए कि तब तक मेरे क्लाइंट का किसी बयान में कोई ज़िक्र भी नहीं है। मिसेज़ वासन्ती रॉय मेरे क्लाइंट की एक्स वाइफ़ हैं। उनकी मेरे क्लाइंट से पहले से ही निजी दुश्मनी है। वही पहले आत्मजा को मिलीं, फिर पुलिस को और फिर अगले दिन आत्मजा का दूसरा बयान आ गया।"

आत्मजा से: "क्या तुम वासन्ती रॉय को इस दुर्घटना के पहले जानती थी?"

आत्मजा: नहीं।

डिफ़ेंस लॉयर: तुम्हें उनके बारे में कुछ भी पता था?

आत्मजा: नहीं।

डिफ़ेंस लॉयर: उनके और मेरे क्लाइंट के बीच के रिश्ते के बारे में तुम्हें किसने बताया?

आत्मजा: जी महिला पुलिस इंस्पेक्टर ने।

डिफ़ेंस लॉयर: क्या वह इस केस के चार्ज में हैं?

आत्मजा: मुझे नहीं पता।

डिफ़ेंस लॉयर (जज से): जज साब, नोट कीजिए प्लीज़ कि जिस महिला इंस्पेक्टर ने आत्मजा को कोच किया वह इस केस के चार्ज में नहीं हैं बल्कि दूसरे शहर की इंचार्ज हैं और मिसेज़ वासन्ती रॉय की क़रीबी दोस्त भी।

डिफ़ेंस लॉयर (आत्मजा से): 17 फ़रवरी 2020 को तुमने फांसी लगाई?

आत्मजा: जी।

डिफ़ेंस लॉयर: तुम एक महीने आईसीयू में थी?

आत्मजा: जी।

डिफ़ेंस लॉयर: कोमा में?

आत्मजा: जी।

डिफ़ेंस लॉयर (जज से): प्लीज़ नोट करें कि आत्मजा लगभग एक महीने कोमा में थी। जब बाहर आई, तो उसने पूरे होश में बयान दिया। उस बयान में मेरे क्लाइंट का ज़िक्र नहीं है। उसके एक-दो दिन में वह वासन्ती से मिली और उसने फिर पूरा बयान बदल दिया।

डिफ़ेंस लॉयर (आत्मजा से): मैं ठीक कह रहा हूँ ना? जवाब दो?

आत्मजा: जी।

डिफ़ेंस लॉयर: तुम्हारे साथ इतना सब घट गया, तुमने किसी को बताया नहीं?

आत्मजा: नहीं।

डिफ़ेंस लॉयर: अपनी किसी सहेली को भी नहीं?

आत्मजा: नहीं।

डिफ़ेंस लॉयर: क्यों?

आत्मजा: मेरा ऐसा कोई नज़दीकी फ्रेंड नहीं है।

डिफ़ेंस लॉयर: पहली से बारहवीं तक एक ही स्कूल में पढ़कर भी तुम्हारे पास एक भी दोस्त नहीं है?

आत्मजा: नहीं।

डिफ़ेंस लॉयर (जज से): जज साब, प्लीज़ यह बात नोट कीजिए कि विक्टिम इतने वर्षों में एक भी घनिष्ठ मित्रता नहीं कर सकी।

डिफ़ेंस लॉयर (आत्मजा से): तुम्हारी डूडलिंग बेहतरीन है। तुमने जो लड़की बनाई तुमने बताया कि वह तुम हो। जिस तरह वह उम्र में बड़ा आदमी उस बच्ची के साथ है, लगता है उस बच्ची का पिता है, हुंह?

आत्मजा: नहीं।

डिफ़ेंस लॉयर: पर तुम्हें अपने पिता के एडल्टरर होने की ख़बर थी?

आत्मजा अब असहज होने लगी है। उसका चेहरा फीका पड़ रहा है। डिफ़ेंस लॉयर का मिज़ाज कुछ नर्म पड़ा है।

"दैट्स ऑल योर ऑनर।"

"कोर्ट विल टेक अ ब्रेक फ़ॉर हाफ़ ऐन आवर। आत्मजा को घर भेजा जा सकता है। बाक़ी विटनेस ब्रेक के बाद।" जज ने रिसेस की घोषणा की।

मेरा ध्यान आत्मजा पर गया। लगा, वह गिरने ही वाली है। मैं उसे सहारा देकर बाहर ले आई। पीछे से पलाश भागता हुआ आया और उसे थामा। सीमा ने पानी के छींटे मारे।

तक़्सीर

आधे घंटे बाद कोर्ट फिर जुटा। यह सेशन-इन-कैमरा नहीं है और कोई भी मौजूद रह सकता है। कोर्ट में मीडिया से कुछ लोग मौजूद हैं। स्कूल के कुछ टीचर्स। सविता भी आई थी, पर आत्मजा को लेकर घर चली गई है।

ऑर्डर! ऑर्डर!

जज ज्योति को संबोधित कर रहे हैं।

वह अब भी उतना ही ख़ूबसूरत है। बालों पर आई सफ़ेदी उसके व्यक्तित्व को और निखार रही है। आज भी उसके कपड़ों पर एक भी सिलवट नहीं है। उसने भी मास्क पहना हुआ है। हमारी आँखें क्षण भर के लिए टकराईं। उसकी नज़र कोमल और बिलकुल निर्दोष है। कमाल है सच में, कोई इंसान अपना किरदार किस हद तक आत्मसात कर सकता है।

जज: डॉक्टर ज्योति प्रोसाद रॉय, आपके ख़िलाफ़ इंडियन पीनल कोड 306, 354, 375 और पॉक्सो एक्ट के तहत जुर्म करने का इल्ज़ाम है। क्या आप अपना जुर्म कुबूल करते हैं?

ज्योति: नहीं। मैं मेरे ऊपर लगाए हर इल्ज़ाम से इनकार करता हूँ।

जज: प्लीज़ नोट दिस डाउन। द अक्यूज़्ड प्लीड्स नॉट गिल्टी।

स्कूल की प्रिन्सिपल हाज़िर हों...

प्रोसिक्यूटर लॉयर: आप आत्मजा के स्कूल की प्रिन्सिपल हैं?

प्रिन्सिपल: हाँ।

प्रोसिक्यूटर लॉयर: आत्मजा किस तरह की लड़की है?

प्रिन्सिपल: बेहद होनहार। शायद हमारे स्कूल ने उससे अच्छा स्टूडेंट नहीं देखा।

प्रोसिक्यूटर लॉयर: टीचर्स की आत्मजा को लेकर क्या राय है?

प्रिन्सिपल: बहुत मेहनती, बुद्धिमान और कर्मठ। कई बार जो उसे पता होता है, टीचर्स भी नहीं जानते।

प्रोसिक्यूटर लॉयर: स्टडी लीव के दौरान डाउट पूछने के लिए स्कूल आना कितना प्रचलित है?

प्रिन्सिपल: आम-सी बात है। बच्चे अपने हिसाब से टीचर्स के पास उनके डाउट्स क्लियर करके चले जाते हैं।

प्रोसिक्यूटर लॉयर: 15 जनवरी 2020 को जब स्कूल में कथित तौर पर आत्मजा के साथ यह घटना घटी बाक़ी टीचर्स कहाँ थे?

प्रिन्सिपल: एक अर्जेंट मीटिंग थी पास के स्कूल में। कॉरपोरेटर ने बुलाई थी। शहर के तमाम टीचर्स को बुलाया था।

प्रोसिक्यूटर लॉयर: सभी टीचर्स मीटिंग में गए थे?

प्रिन्सिपल: नहीं, रॉय सर नहीं गए थे। उन्होंने कहा था कि उन्हें तेज़ माइग्रेन अटैक आया है और वह मीटिंग में उपस्थित नहीं रह पाएँगे।

प्रोसिक्यूटर लॉयर: योर क्रॉस...

डिफ़ेंस लॉयर: पिछले तीन साल से मेरे क्लाइंट आपके साथ काम करते हैं? आपको उनके व्यवहार में कुछ भी ग़लत लगा?

प्रिन्सिपल: नहीं।

डिफ़ेंस लॉयर: क्या मेरे क्लाइंट एक अच्छे अध्यापक हैं? सुना है, पिछले साल बेस्ट टीचर का अवॉर्ड दिया गया था?

प्रिन्सिपल: हाँ। डॉक्टर रॉय एक बेहतरीन टीचर हैं। उन्हें अपने विषय की काफ़ी जानकारी है। उनकी क्लास का रिज़ल्ट हमेशा टॉप पर रहा। पिछले साल उन्हें बेस्ट टीचर का अवॉर्ड भी दिया गया।

डिफ़ेंस लॉयर: उनके ख़िलाफ़ आपको किसी से भी, किसी भी तरह की शिकायत मिली?

प्रिन्सिपल: नहीं।

डिफ़ेंस लॉयर: आप जानती थीं कि आत्मजा डाउट पूछने उनके पास जाती हैं?

प्रिन्सिपल: जी।

डिफ़ेंस लॉयर: क्या इसमें कुछ अजीब नहीं था?

प्रिन्सिपल प्रोसिक्यूटर लॉयर की तरफ़ देख रही है, पर डिफ़ेंस लॉयर ने उन्हें फिर घेर लिया है।

डिफ़ेंस लॉयर: क्या डॉक्टर ज्योति प्रोसाद रॉय के पास किसी स्टूडेंट का आकर डाउट पूछना सामान्य बात थी?

प्रिन्सिपल: नहीं।

डिफ़ेंस लॉयर: क्या असामान्य था?

प्रिन्सिपल: इंग्लिश को बारहवीं में इतना तवज्जो नहीं दिया जाता। बाक़ी बच्चे दूसरे महत्त्वपूर्ण विषयों में ही अपना अधिक समय लगाते हैं।

डिफ़ेंस लॉयर: आपको कभी कुछ भी उन दोनों के बारे में असहज लगा?

प्रिन्सिपल: नहीं।

कोर्ट में अजीब-सा सन्नाटा है। आत्मजा के स्कूल के तीन टीचर्स दर्शकों में हैं। उनके चेहरे पर एक असहाय-सा भाव है। पिछले केस में जिस बच्ची का रेप हुआ था, उसके पिता मेरे पास ही बैठे हैं। एक तरह से हिम्मत बँधाते हुए।

अब गायनेकोलॉजिस्ट को विटनेस स्टैंड में बुलाया है।

प्रोसिक्यूटर लॉयर: आपने जब विक्टिम की जाँच की, तो क्या पाया?

गायनेकोलॉजिस्ट: हाइमेन रप्चर्ड था, Upper Vaginal Lacerations.

प्रोसिक्यूटर लॉयर: इसका मतलब?

गायनेकोलॉजिस्ट: Sign of penetration. Most likely sexual assault or rape.

डिफ़ेंस लॉयर: कितना पुराना असॉल्ट होगा?

गायनेकोलॉजिस्ट: यह ठीक-ठीक बताना मुश्किल है।

डिफ़ेंस लॉयर: क्या इस बात का कोई सबूत है कि रेप किसने किया होगा?

गायनेकोलॉजिस्ट: जब आत्मजा अस्पताल में दाख़िल हुई थी, तो उसकी हालत काफ़ी गंभीर थी। आईसीयू में लाइफ़ सपोर्ट पर थी और अनस्टेबल भी। केस भी सुसाइड-बाय-हैंगिन्ग का था। तीन दिन बाद जब वह लाइफ़ सपोर्ट सिस्टम पर स्टेबल हुई तब मैंने जाँच की थी। कुछ भी पक्के तौर पर कहना मुश्किल होगा।

डिफ़ेंस लॉयर: पेशेंट अगर गंभीर होगी, तो कैथेटराइज़ भी किया होगा। कैज़ुअल्टी डॉक्टर के कुछ ऑब्ज़र्वेशन तो होंगे।

गायनेकोलॉजिस्ट: नहीं, ऐसा कुछ विशेष उल्लेख नहीं था।

डिफेंस लॉयर: तो आप कह रही हैं कि विक्टिम से किसी ने जबरन संबंध बनाने की कोशिश की थी लेकिन आप नहीं जानतीं कि कब और किसने की?

गायनेकोलॉजिस्ट: हाँ। ऐसा कहा जा सकता है।

पलाश बेचैन है। दुख और गुस्से से उसका चेहरा तमतमा रहा है। कई बार वह अपनी सीट से खड़ा हुआ और मेरे आँख दिखाने पर फिर बैठ गया। जज़्बात और सच की कोई क़ीमत नहीं है यहाँ। सबूत और वाक्पटुता - बस यही जिता सकती है बाज़ी।

पुलिस इंस्पेक्टर अगले विटनेस हैं।

प्रोसिक्यूटर लॉयर: आप इस केस के बारे में क्या जानते हैं?

पुलिस इंस्पेक्टर: हमें विक्टिम की माँ ने फ़ोन किया था। हम जब उनके घर पहुँचे, तो विक्टिम इनकम्पलीट हैंगिन्ग की स्टेट में थी। विक्टिम के दोस्त पलाश के ऐन समय पर घटनास्थल पर पहुँचने से उसकी जान बच गई। वह बेहोश थी और बाद में कोमा में चली गई। इस दौरान हमने छानबीन की। लड़की डिप्रेस्ड थी लेकिन हमें लगातार लगा कि किसी ख़ास वजह ने उसे उकसाया है। कारण था, उसकी डायरी, कंप्यूटर की सर्च हिस्ट्री और गायनेकोलॉजिस्ट की रिपोर्ट। हमें उसके दोस्त और उसके पिता पर शक था और हम इसकी पड़ताल करते रहे। इस बीच बच्ची को होश आ गया और उसके स्टेटमेंट में उसने किसी को भी दोषी नहीं माना। हमें केस क्लोज़ करने के बारे में सोचने पर मजबूर किया, पर फिर हमें उसकी डूडल्स वाली दूसरी डायरी मिली और बाद में वासन्ती से महत्त्वपूर्ण लीड मिली।

हमने लीड फ़ॉलो किया और सब कुछ सिचुएशन से मैच किया, तो सब सुलझ गया जैसे कोई मिसिंग पज़ल पीस मिला हो। इस बात की रोशनी में हमने फिर विक्टिम से स्टेटमेंट लेने की कोशिश की। वह स्टेटमेंट ऑलरेडी सबमिटेड है।

प्रोसिक्यूटर लॉयर: जब अरेस्ट वॉरंट इश्यू हुआ, तब आपके पास तमाम सबूत मौजूद थे?

पुलिस इंस्पेक्टर: जी। केस बहुत स्ट्रेट फ़ॉरवर्ड हो गया था। शक की कोई गुंजाइश नहीं थी।

प्रोसिक्यूटर लॉयर: योर क्रॉस...

डिफ़ेंस लॉयर: इंटरेस्टिंग। क्या आप हर सुसाइड केस को इतना ही इन्वेस्टिगेट करते हैं?

पुलिस इंस्पेक्टर: जी, ऐसा है...

डिफ़ेंस लॉयर: हाँ या नहीं?

पुलिस इंस्पेक्टर: नहीं।

डिफ़ेंस लॉयर: तो इसमें क्या ख़ास था?

पुलिस इंस्पेक्टर: बच्ची की उम्र। उसकी पढ़ाई का रिकॉर्ड। बच्ची हमेशा टॉपर रही। पढ़ाई से डिप्रेशन होने का कोई चांस नहीं था।

डिफ़ेंस लॉयर: इस केस में उस दूसरी महिला इंस्पेक्टर को बहुत दिलचस्पी है?

पुलिस इंस्पेक्टर: जी, ऐसा नहीं है।

डिफ़ेंस लॉयर: क्या रिश्ता है आपका उनसे?

पुलिस इंस्पेक्टर: इस बात का केस से क्या लेना-देना?

डिफ़ेंस लॉयर: बता ही दीजिए, क्या रिश्ता है, मैं बता दूंगा।

पुलिस इंस्पेक्टर: मेरी मंगेतर है।

डिफ़ेंस लॉयर: ओह, तो महिला पुलिस इंस्पेक्टर आपकी मंगेतर हैं। आपकी मंगेतर मिसेज़ वासन्ती रॉय की दोस्त हैं। मिसेज़ वासन्ती रॉय मेरे क्लाइंट की दुश्मन हैं, जिससे मिलने पर विक्टिम ने पूरा स्टेटमेंट बदल दिया।

जज साब, प्लीज़ नोट कीजिए।

अब मुझे बुलाया जाएगा। वकील वाक़ई होनहार है। केस जीतना कठिन हो सकता है। मैं उस दृश्य की कल्पना कर रही हूँ, जब आत्मजा किसी तरह ज्योति से बचकर भागी होगी। उस सन्नाटे और घुटन की कल्पना कर रही हूँ, जिससे बचने के लिए बच्ची ने ख़ुद ही अपना गला दबोच लिया।

मिसेज़ वासन्ती रॉय…

मैं: आई ऑब्जेक्ट?

जज: अभी तो कुछ पूछा भी नहीं गया।

मैं: आई ऑब्जेक्ट टू बी रिफ़र्ड एज़ मिसेज़ वासन्ती रॉय। मैंने 1998 में ही ज्योति प्रोसाद रॉय को तलाक़ दे दिया था। तलाक़ की वजह थी, उनकी सेक्सुअल प्रॉमिसक्यूटी और पीडोफ़ीलिया। मैंने ख़ुद उन्हें एक बच्ची के साथ अनुचित व्यवहार करते हुए रंगे हाथ पकड़ा था। इस सिलसिले में ही उनकी तब की नौकरी गई। टर्मिनेशन लेटर की कॉपी मैंने बाक़ी कागज़ों के साथ सबमिट की है। तलाक़ के तुरंत बाद से ही मैंने कानूनन अपना नाम बदल दिया। मेरे नाम से रॉय हटा दिया था। मुझे मेरा नाम इस तरह लेने में ऑब्जेक्शन है।

जज: ऑब्जेक्शन सस्टेन्ड।

प्रोसिक्यूटर लॉयर: आप बता सकती हैं कि आपको ज्योति प्रोसाद रॉय पर क्यों शक हुआ?

मैं: मैं इस केस को पहले दिन से फ़ॉलो कर रही हूँ। मतलब आत्मजा, पलाश और मेरे घरों में काम करने वाली बाई एक ही है। जिस महिला

पुलिस अधिकारी की बात हो रही है वह भी वारदात के पहले दिन से ही केस से जुड़ी हुई है। एक तो इसलिए कि विक्टिम लड़की थी और दूसरा इसलिए कि उन्हें ऐसे केस डील करने का ज़्यादा अनुभव था। फिर आजकल के कोरोना काल में पुलिस दुकानें बंद करवा रही है या मास्क न पहनने वालों पर फ़ाइन लगा रही है। आसपास के और इंस्पेक्टर भी क्लोज़ली केस फ़ॉलो कर रहे थे और पुलिस ही क्यों, यही वॉट्सऐप ग्रुप का हॉट डिस्कशन टॉपिक था।

पूरी घटना का मानवीय पहलू था। बातों-बातों में कुछ ज़िक्र चल पड़ा। मेरे कहने का मतलब है कि मैं केस के प्रोग्रेस के बारे में अपडेटेड थी। मेरा माथा ठनका, जब सविता को दूसरी डायरी मिली और वह मुझे दिखाने ले आई। मेरी सीमित जानकारी के होते भी यह साफ़ था कि बच्ची को सेक्सुअली अब्यूज़ किया गया है।

मुझे ज्योति पर शक तब हुआ, जब क्लाइडोस्कोप में आत्मजा के हाथों से लिखा नाम 'ज्योति' मिला। पर मैंने इस शक को किसी को नहीं बताया। पलाश को भी लगा 'ज्योति' नाम कोई क्लू है और वह पागलों की तरह 'ज्योति' नाम की लड़की को खोजने लगा। जब कोई भी ज्योति नाम की लड़की, बच्ची नहीं मिली तो मेरा शक और मज़बूत हुआ। बच्ची की उम्र, किसी वयस्क का अब्यूज़ करना इसी शहर में, मुझे लगा ज्योति इनवॉल्व्ड होगा। एक लीडिंग क्वेश्चन हमें उत्तर दे सकता था इसलिए मैं पलाश के साथ आत्मजा के पास गई और उससे पूछा।

प्रोसिक्यूटर लॉयर: आपने कहा 'इस शहर', कुछ ख़ास मतलब?

मैं: हाँ। केस की वजह से नौकरी के जाने के बाद ही ज्योति ने मुझे धमकाया था कि वह मुझे कभी चैन से जीने नहीं देगा। जब भी मैं शहर बदलती, वह भी मेरे पीछे बदल देता। आप उनकी करियर हिस्ट्री को मेरे लोकेशन के साथ मैच कर सकते हैं।

प्रोसिक्यूटर लॉयर: योर क्रॉस...

डिफ़ेंस लॉयर: तो मेरे क्लाइंट आपका पीछा करते रहे हैं। क्या आप यक़ीन से कह सकती हैं?

मैं: यक़ीन से कह सकती हूँ। आप ख़ुद भी तय कर लें। मुझे अलग-अलग नंबर से, अलग-अलग प्लैटफ़ॉर्म पर गंदे अश्लील कॉल हमेशा आते रहे। मैं हर बार ब्लॉक कर देती हूँ। उन नंबरों की पड़ताल की जा सकती है। मैंने कभी पड़ताल नहीं की। न शिकायत। उनका रुतबा बहुत ऊँचा है और मैं जानती थी कि मेरी शिकायतों से कुछ नहीं होगा। हाँ, पर पिछले तीन वर्षों से किसी ने मुझे परेशान नहीं किया, तो मैं थोड़ी निश्चिन्त हो गई। मुझे लगा उसने आख़िर मेरा पीछा छोड़ दिया।

डिफ़ेंस लॉयर: आपके इल्ज़ाम बेबुनियाद हैं।

मैं: नहीं। जिस दिन आत्मजा का बयान लिया गया मुझे एक आदमी मिला, यह कहकर कि डॉक्टर रॉय आउट ऑफ़ कोर्ट सेटलमेंट चाहते हैं। उस आदमी की तस्वीर और बात की रिकॉर्डिंग मैंने पुलिस को सब्मिट की थी। मेरा कोर्ट से आग्रह है कि उसे एविडेंस की तरह दाख़िल करें। मैंने उनका भेजा लिफ़ाफ़ा भी सब्मिट किया था। उसमें मेरी सुहागरात की रिकॉर्डिंग है और मेरी कई सारी नंगी तस्वीरें हैं।

डिफ़ेंस लॉयर असहज हो रहे हैं। उन्होंने शायद मुझसे इस तरह के बयानों की अपेक्षा नहीं रखी थी।

डिफ़ेंस लॉयर: यह सब प्लांटेड एविडेंस हो सकते हैं। इससे कुछ साबित नहीं होता।

मैं: प्लांटेड हो सकते हैं, पर विडियो और फ़ोटोज़ की यह कॉपी मार्च की 19 तारीख़ को जिस स्टूडियो में प्रिंट हुई है मैं बता सकती हूँ। यह भी कि इसका पेमेंट ज्योति के कार्ड से हुआ है। कोर्ट अनुमति दे, तो मैं इन डिटेल्स को सब्मिट करूँ।

जज: इजाज़त है।

डिफ़ेंस लॉयर: इस बात से कुछ साबित नहीं होता। वह आपकी शादी के समय की तस्वीरें हैं, जिस पर उनका भी पूरा हक़ है।

मैं: पहली बात तो मैंने इन तस्वीरों या विडियो को खींचने की कभी सहमति नहीं जताई। मुझे तो अब तक इनके होने के बारे में अंदाज़ा तक नहीं था। दूसरी बात जो सोचने की है कि इतने वर्षों बाद उसी दिन जब वह किसी भी पल हिरासत में लिए जा सकते थे, उन्होंने इसकी कॉपी बनाई। तीसरी बात, उन्होंने बाक़ायदा एक आदमी मेरे पास नेगोशिएट करने के इरादे से भेजा।

डिफ़ेंस लॉयर: आपकी बातों से इतना ही पता चलता है कि आप उनसे कितनी नफ़रत करती हैं। यह सब कुछ पर्सनल दुश्मनी के तहत आप कर रही हैं।

मैं: मैं नफ़रत करती हूँ। हमेशा से करती आई हूँ, पर फिर भी मैंने सिर्फ़ दूर जाने की कोशिश की। वही मेरा पीछा करते रहे। पिछली बार पॉक्सो लॉ बहुत कमज़ोर था इसलिए वह बच निकले। अब ऐसा नहीं है। आत्मजा 17 साल की है। वह अपना बयान दे चुकी है। मैं भी। अगर आप यह साबित कर सकते हैं कि ज्योति ने आत्मजा के साथ दुष्कर्म नहीं किया, तो करके देखिए। वी हैव सब्मिटेड एवरी काइन्ड ऑफ़ प्रूफ़, दैट प्रूव्स डॉक्टर ज्योति प्रोसाद रॉय गिल्टी।

सब चुप हैं। राहत है मुझे। कह सकने की राहत। इतने वर्षों से जो मन में था, उसे वाक्य में बाँधने की राहत।

• • •

जज: कोर्ट इज़ एडजर्न्ड फ़ॉर टुडे। कोर्ट नतीजा कल सुनाएगी।

इख़्तिमाम

कोर्ट के बाद सब अपने-अपने ठिकाने पर लौट चले हैं। पलाश रुका है मेरे लिए। उसने उबर कैब बुलाई है।

"तुम्हारी बाइक?"

"धूप तेज़ है। थक जाओगे आप।"

कैब में मेरे पास ही बैठा है। हल्के से मेरे कंधे पर हाथ रखे हुए। मेरे अंदर अब तक का रुका हुआ बाँध टूट रहा है। मैं बिना आवाज़ रो रही हूँ। ऐसे कैसे हर सीमा को लांघकर कुछ लोग जीवन भर के लिए दूसरों को लाचार और बेबस छोड़ सकते हैं? कितना मुश्किल है यह समझना कि हर इंसान एक व्यक्ति है। स्वतंत्र। उसके तन और मन पर पूरा अधिकार सिर्फ़ उस व्यक्ति का है। किसी को भी अनुमति के बिना इन दोनों की सीमा लांघने का अधिकार नहीं है।

15 सितंबर 2020

जज: हियरिन्ग मे प्लीज़ प्रोसीड...

डिफ़ेंस लॉयर: विक्टिम ने 17 फ़रवरी 2020 को ख़ुदकुशी करने की कोशिश की। वह बच तो गईं मगर कोमा में चली गईं। उन्होंने कोमा से बाहर आने पर बयान दिया कि डिप्रेशन की वजह से उन्होंने ऐसा क़दम उठाया। दो दिन बाद वासन्ती के कहने पर बयान बदल दिया। वासन्ती, जो मेरे क्लाइंट की एक्स वाइफ़ हैं।

मेरे क्लाइंट का रेप्यूटेशन बहुत अच्छा है और स्कूल में आज तक किसी प्रकार की कोई शिकायत नहीं आई है। 15 जनवरी 2020 को जिस वारदात के घटने की बात कही जा रही है, उसे किसी ने नहीं देखा। विक्टिम ने भी किसी को नहीं बताया। गायनेकोलॉजिस्ट की रिपोर्ट भी सिर्फ़ इतना ही साबित करती है कि विक्टिम को सेक्सुअली असॉल्ट किया गया, पर इस बात का कोई सबूत नहीं है कि मेरे क्लाइंट इनवॉल्व्ड थे।

वासन्ती की बातों से सिर्फ़ उनकी नफ़रत का पता चलता है। मेरी विक्टिम के साथ सहानुभूति है। उन्हें काउंसलिंग की सख़्त ज़रूरत है। यह पूरा केस एक मनगढ़ंत कहानी है और पूरी तरह से मैनिपुलेटेड है। इस केस में कहीं भी मेरे क्लाइंट की भूमिका नहीं है। इन सबूतों और तथ्यों के मद्देनज़र मैं कोर्ट से दरख़्वास्त करता हूँ कि वह मेरे क्लाइंट को बाइज़्ज़त बरी करें।

प्रोसिक्यूटर लॉयर: 17 फ़रवरी 2020 को विक्टिम आत्मजा ने ख़ुदकुशी करने की कोशिश की। पुलिस को पढ़ाई और डिप्रेशन जितनी सिम्पल नहीं लगी कहानी इसलिए वे बहुत बारीकी से पूछताछ करते रहे। जब आत्मजा ने पहला बयान दिया, तो लगा कि यह किसी दबाव में दिया गया है। बच्ची के शरीर पर सेक्सुअल असॉल्ट के सारे सबूत थे।

पुलिस ने आत्मजा के संपर्क में आए सभी लोगों की पड़ताल की। पिता की भी पड़ताल की और सिर्फ़ यह पाया कि उनके शादी से इतर भी संबंध थे लेकिन आत्मजा के साथ दुष्कर्म का कोई शक नहीं बना। आत्मजा की डायरी बहुत रीविलिंग थी। साइकियाट्रिस्ट का अनालिसिस कोर्ट में सब्मिटेड है, जो इस बात की ओर इशारा करता है कि किसी बाहरी व्यक्ति ने पहले विश्वास हासिल किया और फिर उसका रेप किया।

हमें डॉक्टर ज्योति प्रोसाद रॉय की लीड वासन्ती से मिली। यह संयोगवश हुआ। ज्योति की पड़ताल करने पर पता चला कि उनके ऊपर एक बच्ची के

साथ दुष्कर्म करने का पहले भी केस हो चुका है और वह एक हैबिचुअल पीडोफ़ाइल हैं। सेक्सुअल अब्यूज़ के ही चलते उनका डिवोर्स हुआ और पहली नौकरी भी छूटी। उन्होंने हमारी विटनेस वासन्ती को ब्राइब करने की कोशिश भी की।

डॉक्टर ज्योति प्रोसाद रॉय ने पहले आत्मजा का विश्वास जीता, फिर उसे दोस्ती और प्यार के बीच कन्फ़्यूज़ किया और फिर सेक्सुअली एक्सप्लॉइट। इस बात को हम भूल नहीं सकते कि आत्मजा सिर्फ़ 17 साल की है। आत्मजा का मानसिक स्वास्थ्य इतना प्रभावित हुआ कि वह आत्महत्या तक करने को बाध्य हो गई।

ऐसे लोग समाज के लिए बेहद ख़तरनाक हैं, जो सज्जन होने का मुखौटा लगाकर बच्चियों की वीकनेस का फ़ायदा उठाते हैं। बीस साल पहले उन पर केस हुआ था और उसके बाद अब हो रहा है। इस बीच वह अलग-अलग स्कूलों में तमाम बच्चों के बीच रहे। हम अनुमान नहीं लगा सकते कि कितने केस अनरिपोर्टेड गए होंगे। मेरी कोर्ट से दरख़्वास्त है कि पॉक्सो के अनुसार अक्यूज़्ड को कड़ी से कड़ी सज़ा दें।

जज: साइकियाट्रिस्ट को कोर्ट विटनेस की तरह हाज़िर करें।

साइकियाट्रिस्ट: गुड मॉर्निंग।

जज: गुड मॉर्निंग डॉक्टर। आपने आत्मजा की डायरी देखी। आप इस बारे में कोर्ट को बता सकती हैं?

साइकियाट्रिस्ट: आत्मजा की दो डायरियाँ पुलिस ने मुझे सौंपी थीं। पहली डायरी में उसका अकेलापन बहुत मार्क्ड है, लेकिन वह डिप्रेस्ड नहीं है। वह हर रोज़ इसके बारे में डायरी एंट्री करती है मगर अपने सारे काम, ख़ासकर पढ़ाई बहुत तल्लीनता से पूरी करती है। उसकी डायरी से वह बेचैन भी नहीं मालूम होती और डिप्रेस्ड भी नहीं। अकेलापन ज़रूर है और अपनी उम्र के हिसाब से वह एक साथी भी चाहती है।

दूसरी डायरी क्रिप्टिक है, जैसे सिर्फ़ ख़ुद के समझने के लिए ही उसमें एंट्री की गई थी। मुझे बताया गया था कि यह डायरी आत्मजा ने किचन में छिपाई थी, वह भी सुसाइड करने से पहले। मतलब वह नहीं चाहती थी कि उसके मरने के बाद भी यह बात किसी को पता चले। डायरी की डिटेल्स पर जाएँ, तो बच्ची ने जो डूडल्स बनाए हैं, उसका आर्ट इन्टरप्रेटेशन करना पड़ा।

इसे ठीक से समझना बच्ची की असली कहानी समझने के लिए बहुत ज़रूरी है। आत्मजा के डूडल ख़ुशी और विश्वास से भरे रिश्ते से शुरू होकर बेहद भयानक रूप के सेक्सुअल असॉल्ट को सिम्बोलाइज़ करते हैं। बाद में सुसाइडल आइडियेशन भी है। क्रिप्टिक एन्ट्रीज़ बताती हैं कि वह किसी के साथ कुछ भी शेयर नहीं करना चाहती थी।

जज: आप उसकी काउंसलिंग में भी इन्वॉल्व्ड थीं? आपको क्या लगता है कि उसके साथ क्या हुआ?

साइकियाट्रिस्ट: आत्मजा एक बहुत होनहार लड़की है। वह समझती है कि वह डॉ. रॉय से आकर्षित थी। उसके अंदर इस बात को लेकर अपराधबोध भी है और कंफ़्यूज़न भी, पर वह अपने साथ हुए ब्रीच ऑफ़ मॉडेस्टी और सेक्सुअल असॉल्ट को बहुत क्लीयरली नैरेट भी करती है और रीकलेक्ट भी। उसके नैरेटिव में इनकन्सिस्टेंसीज़ नहीं हैं।

वह किसी के दबाव या मैनिपुलेशन में कुछ नहीं कह रही। मैंने उसके साथ हिप्नोसिस भी इस्तेमाल किया। उसका नैरेटिव बिलकुल कन्सिस्टेंट रहा। कहानी की सत्यता का एक बड़ा सबूत है कि लगातार काउंसलिंग से वह बहुत तेज़ी से बेहतर हो रही है। वह नए रिश्ते भी बना पा रही है और उन पर विश्वास भी कर रही है।

जज: मैंने केस को बहुत बारीक़ी से देखा। सारे एविडेंस की रोशनी में बयानों को परखा। तमाम एविडेंस के मद्देनज़र और सभी

विटनेसज़ के बयान सुनकर मैं इस नतीजे पर पहुँचा हूँ कि आत्मजा बहुत ही अकेली थी, जिसकी वजह उसका परिवार है। वह एक डिसकौरडेंट फ़ैमिली में रही। डॉक्टर ज्योति प्रोसाद रॉय ने उसकी इस वल्नरेबिलिटी को एक्सप्लॉइट करके उसके साथ एक भरोसे का रिश्ता कायम किया।

बाद में इस विश्वास के तहत उसकी मॉडेस्टी ब्रीच की और फिर बलात्कार किया। आई विटनेस का नहीं होना इस केस को कमज़ोर नहीं करता। सारे सरकमस्टैंशियल एविडेंस भी डॉ. रॉय के क्राइम की तरफ़ इशारा करते हैं।

यह कोर्ट वासन्ती के बयान और दाख़िल किए गए सबूतों का विशेष संज्ञान लेता है। डॉक्टर ज्योति प्रोसाद रॉय का अतीत और इतिहास भी उनके ख़िलाफ़ जाता है।

कोर्ट ने पॉक्सो लॉ के स्पेशल कोर्ट में फ़ैसले के तीन केस का उदाहरण लिया है:

1. 28 मार्च 2019 लखी राम तक्बी का स्टेट ऑफ़ सिक्किम के सामने लड़ा गया केस।
2. 14 मई 2020 मौनी का स्टेट ऑफ़ उत्तर प्रदेश के सामने लड़ा गया केस।
3. 16 जून 2020 नज़ीर का स्टेट ऑफ़ उत्तर प्रदेश के सामने लड़ा गया केस।

यह अदालत इंडियन पॉक्सो एक्ट, सेक्शन 5(F) के तहत डॉक्टर ज्योति प्रोसाद रॉय को दोषी मानती है। डॉक्टर ज्योति प्रोसाद रॉय ने शैक्षणिक संस्था का कर्मचारी होते हुए उस संस्था में एक छात्र पर सेक्सुअल एसॉल्ट किया है। अदालत डॉक्टर ज्योति प्रोसाद रॉय को इंडियन पीनल कोड 306 और 354 के तहत भी दोषी पाती है।

पॉक्सो एक्ट सेक्शन 6 के तहत यह अदालत डॉक्टर ज्योति प्रोसाद रॉय को पेनेट्रेटिव सेक्सुअल एसॉल्ट के लिए उम्रक़ैद और एक लाख रुपए जुर्माने की सज़ा सुनाती है।

द अक्यूज़्ड इज़ प्रनाउन्स्ड गिल्टी।

...

फ़ैसले के बाद जैसे लोग और चुप हो गए। सन्नाटे की तरह, मौन की तरह नहीं। सच कड़वा तो है ही, इतना वीभत्स भी हो सकता है। किसी के भी चेहरे पर जीत की ख़ुशी नहीं है, राहत भी नहीं है, बस थकान है और कृतज्ञता कि न्याय करने से न्यायाधीश हिचकिचाए नहीं। अंदर-बाहर सबको मास्क में देखकर उनके हाव-भाव का ख़ास अंदाज़ा नहीं लगाया जा सकता।

लॉकडाउन के शुरुआती दौर में समझाया जाता था कि बाहर नहीं जा सकते, तो अपने भीतर जाइए लेकिन दिन इस तरह से एक जैसे बुरे हैं कि फ़र्क़ समझते भी थोड़ा समय लगता है। भीतर जाने का कोई ठीक-ठीक रास्ता होता, तो शायद अच्छा होता। सब लोग भीतर ही चले गए हैं जैसे, पर अध्यात्म के रास्ते नहीं। कछुए की तरह जड़ हो गए हैं। बिना विकार, प्रतिकार के। जब ख़तरा टलेगा, तब देखेंगे।

अरे, मेरा फ़ोन बज रहा है। सविता का है।

"दीदी! आपसे बेबी बात करना चाहती है।"

"हाँ! हाँ!"

आत्मजा दूसरी तरफ़ है। मैं महसूस कर सकती हूँ। वह चुप है। मैं भी। जो संवाद हो रहा है, उसे शब्दों की ज़रूरत नहीं है। बीच में उसकी सिसकियों की दबी आवाज़ है शायद। आँखें मेरी भी नम हैं। जाने हम कितनी देर यूँ ही चुप रहे।

"प्यार तुम्हें बेटा। आज तुम बहुत बहादुर बच्ची थी। आई एम प्राउड ऑफ़ यू! मेरा साथ और प्यार हमेशा तुम्हारे साथ होंगे।"

मैंने फ़ोन रखा। पलाश खड़ा था पास। वह पाँव छूने के लिए झुका। मैंने रोका, तो मेरे दोनों हाथों को अपनी हथेलियों के बीच थामकर खड़ा हो गया। शायद आज के ज़माने में ऐसे ही गले लग सकते हैं।

क्लोज़र...

मुझे भी चाहिए था।

समय अपनी परतें खोल रहा है। यह राज़ हम पर ज़ाहिर करते हुए कि जाने-अनजाने हम सब एक साँस से बँधे हैं। एक आत्मा से। शांत होने पर सुन सकते हैं, अनहद नाद। जो गूंजता है पूरी सृष्टि में। हम अलग नहीं हैं। यह मुमकिन नहीं है कि हम अलग-थलग होकर कोई मक़ाम पा लेंगे। यूँ ही चलता रहा, तो दिशाबोध खो जाएगा। भूल जाएगा कि कहाँ के लिए निकले थे।

पंछियों को देखा है झुंड में उड़ते हुए। हर एक पंछी की उड़ान अलग होकर भी उनके साथ की उड़ान का एक ढंग है। वे साथ उड़ते हुए रास्ते तय करते हैं, दाना चुनते हैं, आसमान में किसी विशालकाय साये की तरह रूप बदलते हैं। उनका उड़ना लय में बंधा है। बेहद सुंदर। पंक्ति नहीं तोड़ता कोई। उनका सफ़र और गंतव्य का पाना इसी साथ पर आधारित है। यह बात इतनी नैसर्गिक है कि उन्हें सीखनी नहीं पड़ती।

हम कैसे भूल गए अपने सारे नैसर्गिक पाठ? मैं फिर सोचती हूँ। हरा। पानी। जंगल। पगडंडी। रास्ते। शायद यह तृष्णा ही जोड़ेगी हमें। अपने अधूरेपन में संपूर्णता की कोशिश। मन है कि कहीं दूर निकल जाऊँ। बहुत दूर... 'फ़ोन ऑफ़ द विन्ड' के पास।

'फ़ोन ऑफ़ द विन्ड' - इस फ़ोन बूथ को इटारू ससाकी ने टोक्यो से 310 किलोमीटर दूर एक बगीचे में बनाया था। यहाँ उन लोगों के क़रीबी आते हैं, जिन्होंने मार्च 2011 को सूनामी में अपनी जान गँवा दी थी। कितनी बातें, कितने फ़साने अधूरे रह गए थे। एक टीले पर स्थित इस सफ़ेद रंग के बूथ पर पहुँचकर ये लोग गुज़रे हुए लोगों से वो कहते हैं, जो जीते-जी कहना रह गया। यह फ़ोन दुनिया में किसी कोने से नहीं जुड़ा है, पर यह मन के तारों को जोड़ता चला जाता है। टीले पर चढ़कर लोग ढेर सारी अंतरंग बातें कह आते हैं। कोई रोता है फूट-फूटकर, कोई माफ़ी माँगता है।

मैं भी जाना चाहती हूँ। शायद मैं भी 25 साल पहले की वासन्ती से बात कर सकूँ, जिससे क्या कुछ कहना रह गया।

•••